U0565774

小说家的散文

张炜 著

李白自天而降

河南文艺出版社

· 郑州 ·

作者简介

张炜，作家，1956 年生于山东省龙口市，原籍栖霞县。1973 年开始小说和诗歌创作。现为山东省作家协会主席。主要作品有长篇小说《古船》《九月寓言》《外省书》《远河远山》《柏慧》《能不忆蜀葵》《丑行或浪漫》《刺猬歌》及《你在高原》等 19 部，散文集《张炜散文年编》等 20 部，文论《精神的背景》《当代文学的精神走向》《午夜来獾》等，诗集《松林》《归旅记》等，以及《张炜文集》48 卷本。作品曾获得茅盾文学奖、华语文学传媒大奖杰出作家奖、中国出版集团特别奖、《亚洲周刊》年度华文小说之首等国内外十余种奖项。

目录

二辑　描花的日子(上篇)

三辑　描花的日子(下篇)

一辑　阅读及其他

携一本书游走

我小时候，大概是刚能阅读一点文学作品的年纪，读过一本没有封皮的书。这本书严格讲只是一部残卷，因为前后都撕去了一部分，最前边一篇的题目只剩下三个稍大一点的字："暴风雨……"所以我连这篇作品叫什么名字都不得而知，更不用说整本书的书名了。

这部残卷让我如痴如迷。它写了俄罗斯莽林，写了猎人和林中各色居民的生活，更写了无数的动物。这些处处洋溢着浓烈林野气息的文字，绵绵无尽的天籁，把我深深地笼罩和吸引了。

我当年也生活在林子里，那是海边的一处国营林场，林场又连接了几万亩滨海自然林和无边的荒野。书中景物与现实生活或可作比，我生活于其中的这片林野虽然远没有书中那么苍茫，但对我而言也足够浩大了。最为不同的是林子里活动的人和动物：身边的林子没有那么多凶猛的大型动物，也没有那么多出生入死的职业猎人，更没有那么多惊天动地的故事。

这本书为我打开了一扇诱人的生活之窗。透过这扇窗户，我看到了世界上另一片神奇的土地。在很长的时间里，我的神思一直跟着书中的人物和动物，几乎寸步不愿分离，一起痛苦，一起欢乐。那些猎人的枪散发出的硝烟味，时不时地从我的鼻孔前飘过，让我永难忘怀。

这些文字让我入迷的原因，可能主要是它讲述的传奇故事，它展示的生活内容。时至今日，在经历了漫长的文字生涯之后，或许让我想得更多也更明白：一切绝非那样简单。这部残卷传递出的是更为复杂和丰富的东西，它难以言喻，这或可称之为一位苏俄作家所独有的生命气质与文学个性。如果仅仅是一则则曲折的故事，大概不会有那样的魔力。

因为它是一部残卷，作者是谁，书名为何，我一直不知道。

那是一个书籍奇缺的年代，能够遇到这样一沓好文字真是太幸运了。可我当时毕竟还读了许多其他的书，这其中也不乏经典，最难忘最着迷的却是这样一部残卷。我的写作自然而然地受到了它的影响，比如我常常讲述林子里的故事，这也是我的少年经历；更有趣的是，我笔下的人物也常常要背一杆枪。的确，我当年也看到了很多猎人，并曾经跟着他们在林中窜跑。林中生活和一些人的行迹让我如此难忘，当然是受到了那本残卷的影响。

长期以来，我深深地感激着一位不知名的苏俄作家。

十几岁的时候，我不得不离开海边林野，一个人在半岛地区游荡。我有一个背囊，里面装的全是自己的必需品，这当中永远有着这本残卷，外加我写成的一沓沓稚嫩的文字。

由于太喜欢这本书了，我曾不止一次将它借给旅途上的文学朋友。我希望他们也像我一样喜欢，我们能够一起分享这道精神与文学的盛宴。这是怎样愉快的时刻。这使我们有机会一起畅谈林野和文学——那时看来这二者是不可分离的。那是多么难忘的日子。

万分可惜的是，有一次远行，我把这本书遗在了一位朋友那儿，归来时却怎么也找不到它了。生活匆促多艰，我当时站在路边，觉得两手空空，一贫如洗。后来许多年，我都尝试着寻找这部书，但一直没能如愿。

就这样，我失去了它。

我牢牢地记住了书的内容。我经常想念它，如同想念一位儿时的挚友。

我去城市上学，然后到了更大的城市工作。我最终从事专业写作，并且写出了上千万字。不一定什么时候，我会突然想到这部残卷。在深夜，偶有失眠时，我会想起它。

不难想象，我仍然没有终止寻找，还在一次次做着努力。问题是我弄不清这部残卷的书名与作者。转过了多少图书馆，长时间站在浩如烟海的书目前。这真的是太难了。我差不多不再抱有那个希望了。

互联网时代来临了。我可以在网上搜索。但没有书名也没有作者，这道难题并不好解。

一个好朋友听我说过这部残卷。他不仅是一个极为认真仔细的人，而且精于网事。某一天，在我完全没有预料、没有指望的情势之下，他竟然发来了一则短信，上面报告了一个喜讯。我一开始不敢相信，电话里交谈了一会儿，详细说到了一些内容，让我心里一阵滚烫。我们笃信不疑：是的，是它，这一回真的找到了。

找到了少年之梦、儿时挚友，一个曾经伴我游走四方的挚友……这一夜差点失眠。

朋友迅速将从旧书网上求购的仅存几本的书寄给了我。五成新。中短篇小说集。书名：《猎人的故事》；作者：阿拉米列夫。首篇：中篇小说《暴风雨前》。它出版于1957年的作家出版社。书的扉页上有作者的黑白照片，让我久久端详——有些瘦削的长脸膛，深邃的目光。

从作者简介中得知，他生于1897年，仅仅活了57岁。

2015年4月23日

把天堂买回家
——我与书店

　　阿根廷作家博尔赫斯说过一句让我难忘的话："这世上如果有天堂，这天堂应该是图书馆的模样。"我很能理解他的心情与喜乐。这是一个爱书且深受书惠的人才能说出的话。书是他人生的支撑，他的信念与挚爱，他生活之路上的攀扶。

　　总的来说，我不太信任不读书的人。

　　我如果拥有很多很多书，我就是世界上最幸福的人。这是我许久以来的心念。在少年时期书籍是多么稀缺，这种阅读饥渴影响了我的一生，甚至使我在获取图书的欲念以及行为上变得近乎贪婪。

　　所以我就成了各类书店的常客，一个徘徊在书香里的少年、青年和中年，也还有老年。人在阅读中不知老之将至，或许也是人生一景。

　　上世纪80年代初的济南纬四路书店，后来的泉城路书店，都是最令我难忘的地方。我的记忆力日见减退,但我至今仍能从书架上指认三十年前的哪一本书是从这些书店买回的,并且还记得当年某一本书上架所带来的欣喜。

我的住所没有其他宝物,除了图书。是的,我住在了所谓的天堂里,这天堂是我一点点买回来的。我不知道还有什么人生积存比图书更有价值。

到书店里去看,去抚摸,那里有新出版的经典,有刚问世的著作。书店就是这样一个地方,你想不爱它都不行。

2015 年 1 月 4 日

从冬天到春天

——关于德华的笔记

朋友将这件事(《你在高原》即将完成)透露出来,大概等于催促我快些将它做完。这一大堆文字放在手里的时间也的确太长了,到底有多长,差不多要扳着手指算一下了。二十年或更长。好像唯独这次写作不是为了出版一样,这和其他写作时的情形完全不一样。不是写得太慢或迟迟完成不了,不是这样。这其中有许多连自己也讲不清楚的原因。放在手边的时间越长,也就越不急于让它问世了。好像只有一遍遍抚摸这些手稿才算真正拥有。

德华是个认真的人,他在电话中鼓励我早点拿出来。但我不可能再加快速度,因为对这十本大书来说,已经到了最后沉淀的时间。这需要慢一些,再慢一些。许多年一直在埋头做这个事情,特别是上世纪 80 年代末,为了它彻夜工作,简直有用不尽的热情和精力。这在今天回想一下会觉得很奇怪。现在不同了,现在开始冷却下来。

已经多次与德华商讨它。我信赖这个几十年的朋友。我知道自己在犹豫什么,其中一直就有这样一个念头:既然是几十年的劳动,就要找一个几十年的朋友合作才好。

到底是分开出版还是一次性出版,这是个难以做出的决定。五百多万字,发行和阅读都将是个难题。可是它的每一部并不是完全独立的,尽管也可以分开来阅读。是的,这十部书严格讲只是"一本书",而不是"系列小说"。它最完美的问世方式当然是一次性印出。建明也支持这样做。对出版方来讲,这可能需要勇气吧。

(2008 年 11 月 16 日)

占敏关于《人的杂志》谈了许多意见。他看到打印稿时惊呼:"十八年前我就看过原稿,你现在还一直改?"这么长的文字,真的难为他了。不过我十分希望听到他现在的看法。而今他除了赞扬,还有尖锐至极的意见,足够我好好反思了。他的一些观点与德华复述过,这让德华更加期待全部十本的打印稿了。

占敏的赞誉也许过分了,但这多少增加了我的自信。我并非时刻都是自信的,而在十八九年前,我是十分自信的。还记得那些夜晚,耳边全是海浪声和呼呼的北风。半岛的冬天冷极了,我一直在没有暖气的屋子里工作,脸像喝了烈酒一样通红。

另一些朋友十几年前或五六年前也看过一部分书稿,一直在为我的工作保密。这种事本来没有什么神秘的，只不过这个漫长的大劳动在完成之前似乎忌讳谈论它，一句都不想谈。这样我可以在稍长一点的时间里安心工作，少受或不受干扰。朋友的意见总能让我好好琢磨一番。好像在耗时漫长的劳动中，我能够比过去任何时候都变得谦虚。

我知道，当我将它交到德华手里时就是另一番意义了，因为对方毕竟是代表了出版社。

德华将于明年初来书院看部分打印稿。这段时间我将集中时间压缩文字，尽量使总的长度（按稿纸计）不超过五百万字。

（2008 年 12 月 11 日）

看不出德华是一个重病在身的人，虽然面色略显苍白，但仍然像一个朝气勃勃的人，没有丝毫委顿。他和家人惊喜地穿行在松林里，愉快地吸着带松脂味的凉气。更多的时候是窝在屋里看稿。他在阅读中激动起来就会终止工作，然后约我到松林里漫步。由于书中写了许多上世纪 50 年代生人的故事，所以特别能引起他的共鸣。

他认为书中对一个亿万富翁的描写还不够。这个人曾经是一个壮怀激烈的青年，最后的人生走向却有些简单化或概念化。德华讲了不止一位他所认识的这一类人物，让我陷入深思。如果是这样一个人，他在今天拼命赚钱，那么其中的故事很可能比我们想象的还要多出许多。这人是极软弱也是极顽强的，要从不同的角度去看，要能够正视。他的亿万资产据自己说要有一些"伟大的使用"。一个概念化的"理想主义"者，虽然到那时为止仍然是十分可爱的人。

一些人能够忏悔，所以才令人尊敬。对自己的"罪恶"有认识力和追究力，能够进行深刻的批判，时时陷入大痛苦，这才是道德的深意。这也是一切有价值的、真正的人的基础。

（2009 年 2 月 5 日）

我发现德华在松林里练一种气功。这是从中国传到日本，然后又返回国内的功法。天很冷，他在松林里竟然不惧北风。这种气功治好了不止一位绝症病人，还使许多病人的症状减轻，疗效十分明显。

吐纳引导术容易归入古代神秘主义，比如中国道家的内丹功法。这世上的任何事物，太深奥了就会与邪术混淆。其实气功是十分了不起的。当然任何疾病的形成与积累都是漫长和复杂的，并不能指望让某种疗法一朝显效，"铁帚扫而光"。德华认为关键是放松和坚持，并且不将气功当成包治百病的唯一方法，不过分依赖它。

他想在将来时间允许的情况下写一本书，其中主要是谈自身抵抗疾病的一些体会，从中比较一下中西医学的优点与缺陷。这样一本书一定会让许多人受益，其意义又绝不仅仅局限在医疗方面。

他在采用西医治疗时是积极的、充满信任的，但同时并不排斥中医。这是两大体系，各有自己的盲点和专能。

谈到书中写到的一位"神医"，德华十分喜欢。那位老者显然懂一些古老的吐纳术之类，这是东夷半岛地区的产物。

（2009 年 2 月 7 日）

德华在阅读中留下了许多纸条。他多么心细。这一沓纸条珍贵极了。我把它们贴在打印稿的有关页面上，这给了我莫大帮助。每当我想起他是在病中做了这一切，就有一种深深的感动和怜惜。

这是一个极其乐观的人。从他的体魄和情绪上都看不出重病在身的样子。我们一起去了南部山区，一路回忆起几十年前一起去济南南部山区的日子。时间真快啊，一晃二十多年过去了，而当年的情形历历如新，就在眼前。

他问：其实我们济南见面不久你就开始这部书的写作了吧？我说是的，只不过那时只涂抹了一些片段，这些零散的文字后来连缀、衍生，渐渐发展成现在这一大垛。"垛"字，德华是特别理解的，他看过堆在一条长案上的各种原稿，累叠起来已经远远超过了人的身高。

很短暂的人生,却要做很多费力费时的事情,这真是一个问题。

人的一辈子要面对许多问题,其中有一些是很严重的问题。德华今天正面对很严重的问题,这是我们都明白的。

(2009 年 2 月 8 日)

德华又一次来济南,商谈更具体的出版事宜及一些细节。许多方面是他和建明已经商量好的。我知道对自己来说,剩下来的事情就是细细地、最后打磨这浩浩的文字了,绝不能让自己失望。这失望不是对某一部作品、时下的作品,而更多的是随阅历增长,面对这个世界频频出现的"怀疑"。这种怀疑通常在凌晨出现,它会延续很长时间,影响宝贵的睡眠。

我沉浸在这浩浩长卷中的日子太久了,于是差不多变成了一种不可取代和难以告别的生活。为这部长卷劳作、激动欣悦和痛苦,已经让我习惯了。这样形成的一大摞文字,我不相信轻松的游戏者、已经将所谓的"文学"概念化的人士会稍稍领受它。我认为这几乎是不可能的。作为小说,它当然有许多故事,但这不是一般的故事。这是故事之上的东西,有生还者笔记那样的类似质地。

德华用"阳光少年"几个字形容北京的某个朋友,引人发笑。这样的少年实在太少了。我们大家都告别了那种生活,没有了那种可能。

我甚至在虚构文字时，都失去了重现"阳光"的能力。这是真正的生存的危机和悲剧。

所以我乐于翻看自己三十或二十年前的作品，就因为里面有强烈的"阳光"。

画家杨枫参加了晚上的聚谈。许多章节他都看过，所以和德华之间共同语言很多。他认为无论如何，这部长卷将是包含文学和生活隐秘最多的，他说阅读中常常双泪长流。并且他当场问我一句："你在写作中流泪吗？"

我搪塞过去。这个问题可不想回答。

（2009年3月17日）

稿子陆续交完了。有一种轻松感，长叹一口气。不断听德华的电话，他只要读过一部总要长谈一番。我们一起激动过许多次。他太不容易了，因为在这一两年的时间里他做过了多次大小手术。在这种情况下他还要读这么多文字，这是不是太残忍了？

他的夫人谈了一些病况。我们都认为德华是一个特殊材料制成的人，这个人把生命献给了文学。而这十部书值得他耗去最宝贵的一段时光吗？这是我深夜里的一句沉沉追问。

他身边有一个编辑小组，他们的意见也在不断地由他传递给我。

（2009年9月11日）

这部打印稿按稿纸计算约有五百一十万字。德华和他的小组认为最好压缩掉六十万字左右。这让我犹豫不决起来。

压缩的理由，其中一些是必须采纳的；而有一些文字却让我不舍。大概有三十万字如果保留下来，全书必会更加繁复，更有纵深感。这对于它的质地来讲太重要了。

可是没有办法。要顾及篇幅问题，还有其他。有一些实录性文字是多么重要，但或许真的要割掉了。这些实录应该留给未来，并且是全书不可或缺的部分？我一时无法肯定。

我将删节的部分仔细地存放。它们或将在某一天还原，或将就此遗忘。

压缩过的十部书紧凑了许多。在我看来，这样做的好处和遗憾都是十分明显的。建明同意我的判断。

它如果再有一点繁复美和芜杂美就好了。现在则远远不够。

有许多读者会不耐烦的，因为这不是让读者感到安适的、很"和谐"很"平均化"的读物。

我相信任何好书都不是写给多数人的。它只能属于少数，最终再由这少数汇成一个多数。只有少数人能够洞悉文字中的隐秘，它像血流一样漫洇，那是不能言传之物。我相信所有的杰作都有这样漫洇的性质。我这里不是说自己已经在写这样的杰作，而只能说交付了二十二年的心血。

好吧,用力删削。我只能相信这种删削的意义了。

(2009 年 10 月 12 日)

一个消息让我产生了少有的不安。有人在重读书稿。

德华说:清样出完,就要出印刷胶片了。但是一切不得不耽搁一下了。

德华在与疾病搏斗,也在与其他搏斗。

(2010 年 1 月 13 日)

有一个人从头至尾读完了全部打印稿。他被这长长的文字深深地打动了。德华说能够用心灵去感悟的人是有的,他因此而倍感幸福。

这一夜我失眠了。

(2010 年 2 月 4 日)

应该记住这个日子:十部精装已经印出,并且装帧极为漂亮。我正在香港讲课,听到消息心中一阵灼热。

德华与我电话约定一件事,就是参加不久将在北京举行的新书发布会。真可惜,这边的课程已经排好并公布出去,我无法成行了。

我匆匆写好会上需要的文字,发给德华。

德华,这对我们真是非同一般的春天啊!

(2010 年 3 月 15 日)

注:杨德华,时任作家出版社副总编;何建明,时任作家出版社社长;陈占敏,万松浦书院首聘驻院作家。

2014 年 5 月 28 日重订于万松浦

从阅读说起

阅读是大事情

阅读,大家可能每天都在进行;写作虽然不会每天都做,但也会经常去做。也就是说,这两件事情可能要伴随许多人的一生。这些问题虽然被经常提到、被无数次谈论,但它们在今天仍然还可以研究,可以探讨。

为什么要阅读,为什么要写作? 当这个问题推到我们面前的时候,大家可能觉得过于平易,似乎非常好回答。为什么要阅读? 可能有的人回答阅读是为了学习,为了接收信息,为了让个人的思想和外部世界发生联系,为了和他人交流。很难想象一个人识字,但不去阅读。

阅读生活之不同，阅读内容之不同，决定了我们和他人的不同，甚至决定了一个群体和另一个群体的不同，决定了一个民族和另一个民族的不同。阅读是个人的事情、局部的事情、阶段的事情，同时阅读又是一生的事情，是一个民族、一个国家的大事情。

没有其他更好的途径

有时候我们讲一个民族要自强自立，强固国防，提高综合实力，包括软实力和硬实力等。实际上这件事情说复杂非常复杂，有好多具体的内容，要一一分析；但是说简单又非常简单——这就是提高一个民族的总体素质。而这方面，再也没有比强化阅读能力、提高人均阅读量更重要的了。

大家都知道阅读可以提高人们的素质，但这是一个非常缓慢的过程。由于过程漫长，就容易让人退缩和绝望。我们强调教育循序渐进，号召全民阅读，实施的结果却是经过了十年二十年后，一个国家人的精神面貌才稍微改变了一点。这种极其缓慢的民族素质的改变进程，让人厌烦和焦虑。

但是我们又几乎没有其他更好的途径，让一个民族的素质得到迅速改造。提高人的素质，这里是没有速成班可办的。我们做科学做文学的,常常参加一些学习班,这里有很多是速成班,即在尽可能短的时间内,让人们学习到更多的知识。办类似的"速成班"只是美好的愿望和追求,作为一个民族来讲,却没有提高素质的"速成班"可办,而只有阅读再阅读,把我们读书的种子撒满九百六十万平方公里的土地,这大概才是唯一可行的办法。

我们做事情强调速度、追求速度固然好,但不能在所有方面都追求速度,更不能做一个纯粹的速度主义者。如果速度可以解决一切问题,世界上很多的难题,很多遏制我们发展的瓶颈,早就得以解决了。但事实并非如此,而且还恰恰相反,因为太急而把事情办砸了,这就是"欲速则不达"的意思。

我们做很多事情不能太追求速度;恰恰相反,缓慢一点、投入更多耐心,反而会有更好的效果。所以我们常讲的一句话:不怕速度慢,就怕方向错。一味地追求速度,反倒容易出现更多的问题。

一次又一次的强调和重复

我们一度很崇尚的暴力手段——经历史证明这是无法避免的,在关键的时刻行动必须有力;改变一个民族、一个国家的道路,改变一种主权的状态,暴力的、速战速决的办法或许有效。但是文化问题就没有那么简单，它绝对不可能那么痛快地得到解决，不是通过一场革命就能迅速得到改变的。文化问题的解决必须经过持久的、有耐性的、不厌其烦的、一次又一次的强调和重复——即便如此，往往还是收效甚微。

暴力可以急速改变状态、解决问题，但是也带来了很多负面的作用。因为无论追求的目标有多么崇高，使用暴力实现的过程也是一个普及和教育的过程，通过暴力取得的一切成果，都会在以后的时间里慢慢败坏，其得失在未来一定是相抵的。

但是通过阅读和教育，一点点提高人的素质，却是一个扎实的、不可逆转的过程，也是最健康的、能够持续向上的过程。

改变一生的关键阅读

很多人是抱着娱乐的心态去阅读的。有这种心态无可厚非。一个人在生活中、在烦劳的工作之余，难免有娱乐的需求。读一本小说或其他感兴趣的书籍，会是很好的娱乐，既缓解了疲劳，又丰富了知识。但有些人阅读的目的很明确，就是纯粹抱着学习的态度去做的。比如读小说，就是为了透过这部作品，领略它的思想和艺术，感受作家对神奇美妙的个人世界的创造。这种阅读艺术作品的出发点，有点像读教科书，我们读教科书显然主要还不是娱乐的心态。

要学习一门科学专业书籍，这类阅读显然需要抱着学习的态度，尽管在这个过程中也有一定的娱乐性。大家都有体会，科学专业的、纯粹学术性的阅读也有快感，有娱乐性，但是这种娱乐是在学习中产生或派生的。有时候它们是统一的，比如我们学习专业课程时，当把一个难题弄懂、豁然开朗的那一刻，心里是多么愉悦。

在实际阅读中确实存在这样一个问题，就是我们虽然不能把学习和娱乐合二为一，但又不可能把这两种状态完全对立起来。这其中的区别在哪里？可能就在于心态的不同。我们面对一本书，究竟是为了娱乐还是为了学习？目的不同，结果也就大不一样。

如果是抱着学习的态度，事先已经做好了汲取知识的准备，就很容易进入状态。虽然在阅读过程中需要破解阅读障碍，需要努力才能理解书中的内容，但是出于学习的需求，还是会一直坚持下去的。如果是抱着纯粹娱乐的心态去读这本书，目的就是为了找乐子，那么稍微遇到一点文字的障碍，或者不符合个人的兴趣，就会把它扔到一边。

这次"扔掉"如果是正确的选择还好，这会让我们有时间做出其他合适的选择。可惜由于存在个人的鉴别力、水准偏差等各种原因，比如长期以来已经养成了一种不高的趣味，它将使这一次的"扔掉"成为一生当中难以逆转的、不可修复的错误。

有的人会讲，无非就是一本书，有那么重要吗？

的确，书和书是有区别的。确实有这样的书，如果没有读过它，会给人的一生造成巨大损失。

我们回忆一下那些重要的历史人物，读他们的传记时，总会发现至关重要的、改变其一生命运的关键阅读。通过一己之手改变一个民族命运的人物，他们一生当中一定读过那么几本至关重要的著作，这些著作影响了个人的发展轨迹，构建了辉煌的人生。这些人物无论我们喜欢与否，他们在各自的民族进程里都留下了深深的印记。当谈到这个民族的历史时，我们无论如何不可能绕开这些人物，一定会提到他们的作为，历数他们一生的事迹。

这是客观事实。可以拿他们做标准进行自我考察吗？我们是普通的一员，既不准备做一番惊天动地的事业，也不准备投入改造民族的伟业，何必还要那么严重地看待阅读问题？

可道理总是相通的，可以以小见大，以近比远。即便只是社会的普通一员，由于每个人所走的道路不同、爱好不同、兴趣不同，每个人肯定也将遇到对自己来说至关重要的几本书——万一这样的书被扔掉了，那将是多大的损失。

堕落的媒体不能指望

作为一个平凡的、普通的个体，勤劳善良固然重要，但还远远不够。人需要机遇，也需要才华和素养。一个人在平凡的人生中显现出一点突出，取得一点成就，都需要有一个努力学习汲取的过程。如果一个人的阅读完全是"为了娱乐、为了有趣"，这将是远远不够的。放纵自己的趣味，追逐外面的诱惑，不知不觉一分钟过去了，一个小时过去了，宝贵的时间一旦溜走，就再也不会回来。

去书城时，大家可能会注意到卖杂志的区域，远远瞟一眼就会发现，封面多半都印了很大的女人图片。这些杂志的内容会怎样，也就不难设想。商品社会、物质社会，受到各种利益驱动，不良报刊已经太多。人类的欲望被充分调动起来，享受的欲求被放大到最高倍数，这个世界又会怎样？只会是一个不再适合生存的危险世界。

现在一个地区的报刊数量已经很多了，什么"晨报""晚报"，内部的外部的；每种报刊都有无数的版面，甚至连县级印出的报纸都多达十版、几十版，内容除了广告就是网上抄录的娱乐新闻，体育和影视类占了大量版面。其中尽是一些千奇百怪的故事，真真假假,无聊至极。一个演员的绯闻就可以写成许多版,什么怀孕了、掉了一颗牙,都可以写成一版或多半版。这样堕落的媒体,怎么还能指望?

改变这种状况取决于阅读个体。这些文字显然迎合了巨大的需求。大家埋怨写作者、报人和出版人,其实最应该埋怨的是这个阅读群体的素质。人的趣味越来越低,境界越来越差,越来越不关心和思考那些重要的问题——成千上万的人都觉得事不关己,民族的出路又在哪里?

感受它的无穷魅力

国外铁路沿途小站有好多的垃圾箱,如果走近垃圾箱,会发现不少印刷很好的平装书,都是一些通俗读物,比如爱情小说、探险小说、武侠小说之类。可见他们一路上也有消遣娱乐,问题是人家看过了就扔掉了,并不保存。说明在学习和娱乐这两个方面,他们更重视学习而不是娱乐。娱乐固然需要,没有一个人可以完全割舍娱乐,问题是娱乐品的层次仍然不同,要看一个人将其放到怎样的一个位置上。好多在国外旅游的中国人看到垃圾箱里的书,觉得很新,就把它们捡出来装到包里。

在发达国家,更讲究一些的家庭不会存放通俗小说,他们的书架上找不到太多的娱乐读物。

抱着学习的态度去阅读，才能找寻到真正的经典。这些经典不只是文学方面，还包括哲学、科学、美学、历史等。每一个学科里都有经典著作，对待经典，一般的读者会有畏惧感，觉得经典肯定会深奥，肯定晦涩难懂，甚至认为阅读中不会产生愉快的感受——事实上正好相反。之所以是经典，就因为它们比一般的读物更吸引人、更有趣、更易获得满足感。

一旦进入经典，就会感受到它的无穷魅力，欲罢不能。读了一位作家或者政治人物写的这类著作，往往会盼望再有一次类似的享受。正因为具有这种不可摆脱的巨大魅力，它才能被称为经典。因为它有某种神奇的力量，蕴含了巨大的阅读魅力。无论是中国的经典，还是外国的经典，无一不具有这种不可摆脱、不可遗忘、值得一再回味、值得不断往返和咀嚼的巨大魅力。

但是仅仅抱着娱乐的心态，要进入经典就会遇到困难。比如谈到中国的古代文学经典，大家脱口而出的会是屈原、李白、杜甫、苏东坡、陶渊明、白居易和诸子百家等。屈原的作品都过去了几千年，文字障碍很大；杜甫、李白好一点，但是也有障碍；苏东坡是宋代人，阅读起来也并非处处畅通。不过一旦把基本障碍清理了，走进他们的世界，也就不会感到枯燥，不会感到阅读的单调。

国外的经典作品，比如说但丁、歌德、托尔斯泰的著作，同样可以感受到不可摆脱的魔力。我们会一再地去寻找他们的作品。

外国经典之所以跨过那么远的地域，而且被一代又一代人所钟爱，就因为其深刻的吸引力，它能让人获得少有的阅读快感。这一切都在个人的经验中构成很多刺激和挑战。作者从极其特殊的个人角度去诠释生活，运用语言的力量，把人生经验、生活经验延伸到某个极致，这一切因素会让阅读者久久不忘，在心灵上构成了深度的刺激。

有一些经典作品读过了，十年或者二十年之后，不一定什么时候还会再次想起。无论什么时候重新阅读，都会获得一次新的领悟。

因为经典会伴随一个人成长：你在成长和进步，经过这么多年，已经发生了很大的变化——一个人不可能不变，随着阅历的增加，经历了各种变故，每个人的认识和趣味都在改变，这时候再次走进经典，会发现对其中的一切都有了新的认识——此刻的经典又展现出新的魅力。

必需的、基本的知识构建

文学的伟大在于它是一个立体的、自给自足的完整的世界，有其他学科所不能抵达的完美性和复杂性。这就是我们面对文学经典所要强调的一个重要部分。这种阅读会给人生带来深刻的愉快和希冀，是人生不可或缺的一部分。

有的人会说，自己既不爱好文学又不从事这个专业，怎么还要去读小说？显然他犯了一个错误，就是把文学仅仅当成了一门专业。文学虽然有专业属性，但严格讲它还不是一般的专业。所有把文学当成专业去阅读、去理解、去从事的人，永远不会真正地理解文学。

文学是属于灵魂和生命的一种表达，是人人都有的表达，是对生存境况的全面把握。有人说"文学就是人学"——关于人性的学问，关于人的表达。所以文学是跨专业的，它包含了有关人性的一切，而其他专业就未必。一个化学家和物理学家也需要人性的饱满和丰富，但就其专业的表达来说，也许不需要对社会、对人情事故深入掌握，同样可以成为一位优秀的专家。因为他从事的是单纯的一个专业。但是文学必须对社会和人性——关于人的一切——做一个透彻的了解、一个丰富深入的把握。

所以我们很难看到一位杰出的文学家，会是一个在社会与人性诸方面懵懵懂懂的家伙。但是做其他技术专业，却有可能是一个极其封闭的人，他或许不可沟通，有些怪异。个别杰出作家也有怪异的，这种怪异往往表现在性格方面，他对于人性和社会的理解却必定是深入的。

人应该具备较好的文学素质，这不是爱不爱文学的问题，而是一个高素质的社会公民所必需的、基本的知识构建。

在堆积如山的信息面前

所谓"人文素质"，其核心构成仍然是文学，因为文化的核心构成是文学。无论是中国还是外国，看一个民族的文化就会发现，其主要的积累和传承方式就是文学。比如中华文化靠什么构成或传承？主要是诸子散文、史记、唐诗宋词等，所以文学构成了民族文化的核心部分。当然这里面包含了哲学、历史著作等，问题是所谓的历史，所谓的思想和哲学，大部分是由广义的文学形式得到表达的。

我们由此可以发现，爱好文学没有那么简单，文学不是一个单纯的专业之事。著名科学家的文学水准都很高，中国如此，外国也如此。如果大家阅读大科学家留下的文字，会发现非常优美。

写作者首先要把握好自己的阅读，尤其现在进入了一个网络时代，这个时代给大家带来了学习的便利、阅读的便利，足不出户就可以与全世界的信息连接；但同时这又是一个非常危险的时代，因为在巨量的堆积如山的信息面前，所有人都难以解脱，一不小心就会被它埋葬。

所以这个时候我们并不一定要比谁读得更多，而是要比谁读得更精。我们要警惕、要小心那些阅读的碎片堵塞我们的脑子，这就像电脑堆满了碎片不能够运转一样。在海量的信息面前，我们一定要加强选择，加强鉴别。精读、读好，像戒毒一样戒掉没完没了的电视剧和网上冲浪。只有把这些边缘的浅表的阅读回避掉，才能回到个人的自我的深刻阅读中。

只有深刻的阅读才是有意义的，浅表的阅读是没有意义的，浅表的阅读只会耽搁我们的人生，深入的阅读才能提高我们的人生。

2012 年 5 月

2014 年 6 月订

（本文系作者在青岛海军航空工程学院的演讲）

文学:敞开还是封闭

今天的作家不知是不是一种幸运,他们会发现自己可以那么顺畅和便捷地与一个广大的世界沟通,与更遥远的文字和声音在一瞬间连接,随时随地能够获得地球另一边的信息。如果他愿意,他就能把刚刚完成的作品投放到浩瀚的阅读世界中去,让其在这个星球上任意游走和结识。

一个写作者不再因为身居穷乡僻壤而感受孤陋寡闻的窘迫,相反会常常觉得自己过于贴近这个喧闹的世界了,一切最时新的东西就在身边、在隔壁。他对"地球村"的概念第一次有了深入和切近的理解,而且不得不将自己视为这个大村庄的一员。

一般来说,一个写作者总会有心理和地理上的疆界,比如他会给心目中的某一类人、某一个读者群体写作。但是如今置身于现代传媒编织的信息大村庄里,以往那种心理和地理上的边疆都需要重新修正了。这种修正常常是不自觉间发生的,因为一个写作者正在遭遇新的时代和新的现实。

今天，一个地方作家极具特色的文学表达，很可能在遥远的异地他乡引起好奇和惊羡，而且对方反应超快。这种情形在上世纪中期绝对是不可思议的。同样地，来自遥远的某种文学品质和样貌，也会极快地影响到某个所谓的最偏远之地的写作者。

现代传媒化遥远为咫尺，而且这种距离还将随着科技进步不断地缩短。事实上现代社会中已经很难找到一处真正的闭塞之地，写作者几乎共同处于信息网络的交织之中。这一切改变当然会影响到作品的气质和内容，他们无论愿意还是不愿意，大概再也回不到过去那种独自思悟的创作状态之中了。

在网络时代，不同地区的文学写作在传递和交流方面，比起过去无疑是增加了更大的可能性。不过这种交流的便捷和益处并没有想象的那么大，而且还产生了许多需要讨论的新问题。

文学信息增多了，人们可以在更大的范围内选择。但由于各种信息过于繁杂，就给人们的梳理和鉴别带来了更多的困难。人对于信息的处理和接受能力是有限度的，一旦超出了这个限度，就会陷入另一种紊乱和麻木，变得不再敏感。比如在医学上可以用声音给病人止疼，在耳机里模拟战场上轰轰烈烈的厮杀之声，病人在手术时就感觉不到疼痛了。因为人类中枢神经系统会陷入麻木。同理，铺天盖地的网络信息将使人类很难再感受到细致而真实的生命经验了。在这个时期，我们对于艺术——特别是文字艺术的判断趋向上，就常常走入这样的困境。于是我们不得不就范于商业性的广告操弄，在十分被动和疲惫的精神状态下，接受一些莫名其妙的东西。

由于网络时代的传播渠道已经敞开，几乎任何一个人都可以随时进入这个渠道，那么这个渠道内流动的一切也必然是混杂拥挤的，各种声音都会一齐奏响，形成震耳欲聋的态势，使人根本无法冷静和专注。而我们知道，文学艺术的深入交流，最重要的一个条件就是安静和专心。

今天我们不无尴尬地看到一个事实，就是不同语言板块和文化板块之间的壁垒进一步打开的同时，却又在拥塞和遮蔽。网络和卫星电视打破了一些封闭的疆界，但由于种种原因，疆界两边却形成不了公平的对流，因为这要受到技术、流势，还有类似于物理意义上的"地平差"的限制。也就是说，疆界的拆除并不是公平受益的，这种不公平将使强势愈加强势，而弱势则越来越处于被淹没的境地。

到现在为止，这种所谓的"疆界"破除之后，在不同的语言板块之间是极不理想的，对有些群体来说，几乎很难达到预期的效果。比如在同一种语言王国里，在不同地区和文化背景中生活的人获得了极大的方便，享有了以前所没有的自由，即可以在最快的时间内阅读和知晓遥远之地的文字成果。可是跨语种就困难了，因为一种语言变为另一种语言，特别是文学这种语言艺术，其转换差不多就是另一次再创造,这就需要一个稍稍漫长的过程。这种缓慢和现代的光纤速度形成了多么大的反差。这二者之间的巨大反差,基本上折损和抵消了打通疆界所带来的优势和意义。

一些强势语种在交流疆界进一步打通之后的情形和特征,这里也不可不注意。强势语种往往伴随着更先进的技术与其他种种优越的条件,可以说处于交流的"高地",其顺势而下的冲刷力将是巨大的和不可阻挡的。这种艺术和文化上的单方面覆盖,对全球化时代文化与艺术个性的打击将是致命的。而我们知道,艺术依赖个性,其生命力也许就是个性,一旦剥夺了个性也就等于取消了它的生命。比如汉语在英语面前,就常常处于这种不知所措的状态。一个从未去过美国的中国小学生可以对美国的风物人情如数家珍,一个普通的中国作家似乎也可以滔滔不绝地谈论西方作家的作品,信手拈来,俨然专家。而对方对汉语世界却比较隔膜,所知甚少。

而今,汉语为了消除这种弱势地位,从国家到个人都做了许多努力。交流是有益的工作,但与此同时我们还应该意识到,对于艺术个性来说,敞开的交流不一定全都是好的,闭塞的坚守也不一定全都是不好的。

让我们的记忆回到网络之前或更早的时期,那时有些闭塞的角落是不可能被冲击的,这里几乎不存在便捷和快速的交流。也就是在这种情形之下，一些极具个性的艺术得到了繁荣和发展。今天，随着这些角落的被冲散和被淹没，一些所谓的独特的艺术也就没有了痕迹。

以我的家乡中国山东半岛为例，在二十年前，仅半岛西部的地方剧种就有十余种，而今保存下来的只有两三种，而且还处于苟延残喘的境地。

一个艺术品种如此，一个人的文学写作也是如此，他需要保有不受冲击、不致溃散的那种角落和环境，只有处于这样的场景中，才能有杰出的深邃的艺术思维发生。文学写作需要交流，更需要封闭；需要突破疆界之后的畅达和自由，更需要奋力突围时的孤独和寂寞。我们总是不加限制地、无条件地赞颂网络时代交流的意义，却不愿意谈到它的局限和弊端。

我们可以找到一万条由于交流而带来的收益，也可以找到相同数量的相反例子。

在互联网初兴时期，人们曾经天真而兴奋地认为，我们的文学将变为没有疆界的、世界的文学。这种文学写作将因为极其自由和发达，拥有无比开阔的前景，几乎是一种革命性的进步，将带来空前的创造飞跃。今天，我们作为互联网时代的亲历者，还可以在一定程度上预见它的进步和种种发展；我们当中的一部分人终于不再那么天真了，我们的担心甚至超过了喜悦。我们发现所谓疆界破除的好处并不是均等的，对所有语种、地区，这种好处没有均等;甚至对于不同的艺术倾向和思想倾向,也远不是均等的。

比较起来,总是娱乐和通俗的、更有利于商业资本运作的所谓"艺术"呈现出压倒式的涌入,总是强势语言呈现出更大的覆盖力。这个时代,弱小的更弱小,寂寞的更寂寞,孤独的更孤独。

对于弱小和孤独而言,封闭的疆界甚至是一种幸福。对于深入的思索者,他们日常需要的仅仅是一间斗室而已。

命运将杰出的艺术家投入到今天这样一个网络时代,让他们把一生的大量时间用到挣扎和适应当中去。对于他们来说,不得不将大量的宝贵精力耗费到抵抗庸俗的斗争中。

可以说,越是优秀的作家越是拥有好奇心,既然如此,那么网络时代的强大传媒不是能够更好地满足他们这颗好奇心吗?是的,不过这种所谓的"好奇",在真正的杰出者那里,总是走向深邃幽长的地带,走入曲折的人性世界的深处、思想的深处。可惜的是,这种最大的好奇,网络等传媒不仅满足不了,还会起到嘈杂和干扰阻拦的效果。无所不用其极的大功率传媒机器日夜超速运转,它发出的巨大嗡嗡声,推送的种种泡沫和芜杂,已经使作家们探险般的思想历程受到了空前的阻滞。

我们生活的空间里,速度的确使时间发生了改变。这种改变无法推测,但我们会感觉到时间的怪异,它正在莫名其妙地逃离和溜走。一切都因为我们的用具、我们与周边联结的物质,它们的速度太快了,相对而言,比我们所知道和经历的那些时代要快多了。于是我们每个人都陷入一种茫然无措的、空荡荡的失重般的感觉之中。

在这样的一种感觉之中，我们再谈论文学写作，就像踩在一片飘移的云朵上讨论耕作一样，会因为远离泥土而倍感虚幻。无论是阅读还是写作，都没有许久以前那样的温暖和可信了。文学好像是一种不能持久的状态，是这种状态之下的匆促事业，这好比一个急于上车赶路的人在读和写一样。

我们剩下的事情，也许就是怎样战胜自己的恐惧和怯懦了。我们要设法回到或找到一个全然不同的空间，去那里重温一种心情，找到一种最可靠的阅读与写作的方式。

2014 年 12 月 16 日

（本文系作者在法国"文人之家"的演讲）

中文写作和异域文学

就语种来说，中文是世界上最大之一。这对于中文写作者来说是一个幸运和安慰吗？还真不好回答。一般来说，由于可以直接阅读中文的读者在全世界多达十几亿，一个中文写作者比较容易找到自己的读者。读者的基数对于写作者而言从来不是一个小事，因为作品出版后总要有人阅读，写作者的心灵需要得到呼应，过于孤独的劳作毕竟是沉重和苦恼的。

在时下，即便各种娱乐性、消遣性读物呈现大面积覆盖的趋势，一个纯文学中文作家的纸质印刷品销量也还过得去。随着商业主义的加剧，人们的精神生活将越来越走向萎缩，真正有审美意义的文学写作势必面临严峻的境况，这方面中文写作者并未例外。

在我的观察里，在中国大陆，大量的所谓纯文学刊物今天的发行量已经很少，由上世纪 80 年代的百万、十万份降为今天的四五万或一两千份。文学书籍的品种，今天比上世纪 80 年代增加了上百倍，单本发行量却平均下降了百分之几十。可以预料的发展形势是，文学书籍的品种并不会大幅度上升，单本发行量的平均数却仍然会继续下跌。

一个杰出的写作者也许不应过分关注这些问题，这更多的是书籍营销行业和出版者的事情。不过发行量及受众的变化，无论如何都会影响到写作者的实际工作状态，决定他们的生存。现在的结果是，一方面苛刻的出版要求并不会迫使作家放弃自己的追求，他们仍然会坚持更加个性化的写作，其创作凸显出市场上的不可重复性、不可替代性；另一方面也会使更多的作家想方设法迎和市场，追随大众的趣味，个人的文学品质将不再持守。

由此可见，中文写作所拥有的巨大阅读基数，并没有从根本上遏制和避免商业主义、物质主义对自己的损害。那种潜在的众多读者、阅读的无限可能，也会从另一个方向刺激文字垃圾的加剧繁殖。事实上这些年来中文读物仅仅所谓的"文学"类，就出现了不知多少粗糙下流的东西，并且得到了诸多市场鼓励，进一步泥沙俱下。商业主义的出版理想就是更多地出卖，所以一切都可以不管不顾，于是最下流无耻的写作、最粗鲁不堪的文字反而会引人羡慕，有些不良的机构甚至还会以庄严的方式来推广它们。

商业主义时代从来不乏最坏的文学榜样，这在需求量巨大的、低劣阅读的中文市场上尤其如此。受众基数庞大，意味着写作者放纵的余地就大,这可能也是与其他小语种写作所不同的地方。

中文阅读中越来越多的翻译书籍常常是很受欢迎的。异域文学随着工业制品的信誉一起进入东方最大的市场,是一件值得庆幸的事情。不过在中文阅读领域,发行量最大的异域文学仍然还是那些流行读物,一本所谓的西方畅销书在中国大陆一般来说也能够畅销。所谓的纯文学作品中,只有极少数品质特异并且已经经典化的那一类,才能够得到恒定持久的阅读,其读者数量综合起来一定是极其可观的。

在上世纪 80 年代以前,异域文学对中国大陆影响最大的是俄罗斯文学、苏联文学;再后来是欧洲文学和美洲文学。今天的俄罗斯文学、欧洲文学、美洲文学则是平分秋色。这是因为三个板块的文学写作,其中最杰出的作家作品已经在中国大陆经历了长时间的沉淀,无论后来译介过来的品种多么繁杂,已经接受时间检验的作家作品也就那么多,这些目标还是相对集中的。

中文译介在中国大陆已经是空前繁荣。这一方面是市场的需求,另一方面也是翻译人才的增多。我们难以想象还会有其他一个语种像中文这样不知餍足地吞噬:将世界上刚刚产生的或尚未译介的新著一齐变为中文;有时是因为好奇,有时是因为急切。有的译本早就不止一个,如英国哈代的经典小说《德伯家的苔丝》在上世纪 50 年代就有了三四个中文版本,近来又有一位作家将其译成了中文;托·斯·艾略特的《荒原》大约有五个版本;《安娜·卡列尼娜》大约有四个版本;《瓦尔登湖》似乎有六个版本。当然,比起上世纪之初,总的来说,今天更沉着用心的译者可能少了一些,但极好的译本仍然还有很多。

中国早在东汉时期就有佛教经典的翻译,后来又有基督教文献的翻译,而西洋的文学作品传入中国是 17 世纪初,大约开始于《伊索寓言》和《天路历程》,而 20 世纪第一个十年,鲁迅、周作人、林纾、梁启超、苏曼殊等对于西方诗歌和小说的直译和转译,影响较大。

西方自然科学和哲学的发展,影响和丰富了文学的表现手法,这些手法与中国本土文学结合,促成了中国现代文学的产生。再后来,西方现代文学的意识流、黑色幽默、魔幻现实主义等,都对中国当代文学产生了极大影响。

西方文学同时还拓展了中国读者和中国作家的人文视野,带来了新的文艺思潮,除了俄苏的现实主义和浪漫主义,近些年受欧美影响更大的如存在主义、非理性主义、精神分析学、女权主义、结构主义、解构主义、新历史主义、后现代主义、形式主义等,它们与中国文化产生互动,对当代中文写作产生了多方面的推动作用,在喧哗和骚动的同时,增加了中文写作的活力。

随着国际交流的增多,中国接触异域的机会越来越多。外国文学作品的译介由于版权、市场、翻译质量等客观问题,已经跟不上读者的需求,于是一些人开始急不可耐地直接阅读原版异域作品。

我们正处于一个中文译介大繁荣的时代,汉语文学原创者受到了很大影响,并且这影响主要还是良性的。新起的一代写作者敏感地学习和模仿新鲜事物,他们阅读新的异域作品更多。他们自己的作品也主要是写给青年人看的。而中年以上的写作者主要是阅读国外的经典作品,也许是时间和精力的问题,他们不太愿意将目光投放到随潮流风气而入的时新作家们身上。年青一代作家接受的国外新文学作品,特别是消费性的流行读物,从时间上看差不多是和麦当劳、肯德基的涌入相一致的。这是一种很新颖、很便捷的阅读,这种阅读让他们快适,也似乎让他们的写作充满活力。

对于中年以上的许多文学读者来说,19世纪以来的国外经典作家依然具有最大的魅力。这就是一些大的出版机构总是不断重复印刷那些经典作品的原因。在中国大陆,市场对它们有着恒定的需求,所以这种出版并无风险。

由于现代传媒的极度发达,生活中几乎没有什么闭塞的角落。信息蜂拥而至,喧嚣逼人,大多数人既无法安静地生活,也无法安静地阅读。对东方人来说,阅读早就不是一杯清茶相伴的那种沉着和悠闲了,而是另一场追赶和匆忙。总想在极短的时间里获得最大最多的新鲜刺激。就是这种阅读心理的改变,迫使为读者服务的写作者做出调整，不得不处心积虑地满足这些读者，让自己的文字变得简单而没有纵深感和繁复感，充满尖叫而缺乏思想，罗列事件却没有精妙的细节。

于是那些怪异的耸人听闻的写作，无论来自多么遥远的国度，只要译出来，中文写作很快就会找到模仿者。这种模仿尽管常常是拙劣的，但在更为缺少文学信息和审美能力的读者那里，仍然能够找到不少的喝彩声。

其实真正的阅读和写作都需要发生在安静甚至是寂寞的空间里，不然也就是可疑的了。现在所谓"发展中国家"因为剧烈的发展而暴土飞扬，不太可能是阅读和写作的最好时机。但是这个时代对于许多中文写作者来说，也有可能变成一个大机会，就是说，他们如果真的有勇气，也一定会设法有自己的作为，会冷静地面对这个世界，战胜伤害自己的所有现代怪物，最后像一个历尽沧桑的人那样，向这个世界讲出极不一般的故事和思想。

现在的最大问题是文字信息垃圾的超速堆积和飞快覆盖，人们丧失了对一切思想和艺术的鉴别时间。人们在现代传媒的轮番轰炸下双耳俱聋，两眼艰涩，身心疲惫，已经没有条件驻足欣赏至美的艺术和深刻的思想了。就这一方面而言，发展中国家的文学受众和写作者比起发达国家来，处境可能还要艰难十倍。

而我们的中文写作就是在这样一种现代大背景下发生的，我们面临的困境与世界其他地方、与所谓的"异域"既是相同的，又的确会有许多不同。

2014 年 10 月 12 日

（本文系作者在法国尼斯大学的演讲）

今天的文学土地

　　每个写作者都有属于自己的一片文学土壤,这是他能够立身的基本条件。这里的"土壤",既指生发创作的生活环境,又包括这种创作能够施加影响的范围和程度,二者总是相互作用的。今天,时代急遽变化,文学与世界、与读者的关系已经发生了巨大改变,这是作家们不得不正视的现实。

　　事实上,写作者每时每刻都立足于一片新的文学土地。

　　就我自己的写作来说,我讲述的仍然是自己感受到的生活故事,它来源于我的世界。从具体的地理范围而言,是山东半岛的东端,即胶东半岛。这个半岛基本上是构成我个人创作的地理背景,也就是我的狭义的"文学土地"。

　　我常写到的一些故事可以称之为"半岛传奇",内容上包括了过去和现在。那里是我的出生地,我在那里生活了二十多年,是现实生活给我触动最深的一个地方,也是人生记忆最深刻的一个时段。那里有漫长的海岸线,有无边的沼泽和丛林,有迷茫的海雾和无数的岛屿。从地理环境上看,这里很容易发生一些古怪的故事。

特殊的地域将培育出自己非比寻常的独特文化。胶东半岛在两千年前属于齐国,长期以来都是战国时代七个国家中最强盛、最繁荣的国家。齐国的文化显然与其他国家差异极大。与齐国最近的是鲁国,那里产生了对中国和世界都有重大影响的儒家文化。儒家文化是中华文化的正统,它不讲"怪力乱神"。而齐国文化更富于海洋、边地丛林和商业的特征,相对自由和开放,特别能够包容"怪力乱神"。

齐国的历史有八百年,其文化影响力是巨大的,绵绵无尽,直到今天也无法消失。讲到文学,它的地盘上后来诞生了一位集中体现民间文学意趣的大作家,就是写了《聊斋志异》的蒲松龄。这是一本尽写鬼怪妖狐的短篇小说集,在外地人看来想象力大得不得了,简直荒诞不经,但在胶东半岛人看来只是收集了一些普遍流传的民间传说而已,它一直在这个地区口口相传,甚至已经化为了日常生活的一部分。

因为我出生在古齐国所属的半岛地区,必然受到这种文化传统的熏陶培育。我出生的时候这片土地已经发生了翻天覆地的变化,仅就自然环境论,无边的丛林已大大缩小,沼泽地一片片消失;伴随这些的,是各种神奇传说的减少,它起码不再像前几代人那样总是挂在嘴边了。不过作为一种传统不可能一下断绝，它还会延续一个阶段。从我置身的这个环境来看，它仍然是极大地有别于其他地方的。这一切于是在一定程度上决定了我写作的内容，或者说我个人的文学品质。

古齐国之于我算是一片文学的土壤吗？我想一定是的。对于古代东夷人来说，这里是他们的母国；对于我来说，也必会具备一个狭义的语言和文化意义上的类似性质。屈指算来，我不知不觉地写了四十多年，回头看连自己都有些惊讶的是，这些文字的地域特征竟然如此显豁和浓烈。显然，这绝非一种刻意所为，而是自然而然的流露，是一个人的文化胎记。

我不知道在遥远的异地，我的读者是否将这些传奇故事视为"怪力乱神"，但我自己十分清楚的是，它们在那个半岛曾经只是普通的日常生活，是日常生活的组成部分。我这样讲主要是指记忆中的生活和土地，是它的"余脉"或者"余音"，因为在今天，这一切都发生了改变。可是一片土地产生的文化力量，却不会那么快地丧失殆尽。我和半岛上的许多人一样，直到今天仍旧有讲述"怪力乱神"的冲动。特别对我这样一个出生于上世纪50年代的人而言，我亲身经历的那种文化氛围，对我的影响之大，简直是无法忘记的。

这种讲述对于当下的意义，讲述者是足够清醒的吗？

显然，我们每一个写作者对于这个时代，都会在写作中以不同的方式给予回应。就我自己来讲，我既不想停止，也无法停止对于那个半岛的讲述。齐国及东夷族的那些故事既遥远又切近，这其中有的是回忆，有的却是即时记述，不过所有这一切全都源于一个现代的我了。这可能是不同于其他人的部分，也是我写作的意义。

我现在如果回到那个半岛，要找到一片令人迷路的林子是不容易的，因为工业化把林子毁掉了十之八九。可是它不能毁掉的是记忆，现实中的林子被破坏得越是厉害，它越是在心灵的一角生长得生机盎然。这种强烈的对比，虚与实的不同存在，会构成我的文学写作迥然不同的、另一种地理文化以及精神的风貌。

古齐国东部半岛自然景观形成的神秘性，正在随着现代化的进程而消散。交通与通信手段的发达便捷，更让那些荒凉迷茫中的岛屿、海雾远处的世界变得清晰和切近。我们都知道那里面没有居住神仙和其他长生不老的异人，并且早在上世纪50年代初就给它们重新作了行政区划，让其从属于某个具体的县市或乡镇。可见现代社会让人们的生活变得多么条理，同时又是多么单调和无趣。

总之今天的土地大半都为我们所熟悉了，土地的奥秘似乎也不存在了。今天的文学写作要传达某种传奇是困难的，那除非是回到幻想当中。当然这也正是文学的一个功能和特征。不过一切的幻想和夸张都要立足于一片真实的土地，比如我所说的东部半岛的那些怪力乱神,它们只能产生于古齐国的东夷地区。

而今的文学土地不仅消除了神秘性,还消除了差异性。从传媒画面和文字传播上看,那些城乡街道的建筑、人们的穿着以及其他各方面都越来越接近统一。要找到一些稍稍不同的角落,就会引起一阵好奇,它带来的一点点新鲜感都会让人兴奋不已。不过很可惜,这种新的东西、没有被传媒光顾和放大的东西是非常少的,而且还会越来越少。我们常常会发现在很大的一个范围内,人们所面对的生活内容及信息都是相差不远的。我们没有更新的故事讲给他人听。

于是在写作者当中就有了许多探险者和大胆的编造者。前者在现实生活中活动的幅度较一般人更大,于是才有可能将所谓的"化外之地"不断地介绍给别人。可惜这对于大多数写作者来说,仍然是一条不太可能抵达的道路。后者的写作则是了无根柢的,因而也是廉价的。

大家不得不面对同一个"地球村",一块极其相似的熟悉的土地,因此文学写作产生了前所未有的困境。我们很难以自己的语调讲出唯独属于自己的故事。众所周知,也正是那些不同的个人的语调和故事,才有可能具备真正的价值,找到自己的听众和读者。

新的文学土地从生发机制来看,貌似比从前更广阔了,但从文学的规律和本质去看,却变得更狭窄了。交流频繁、信息发达、资源共享,使得物质和精神环境趋向统一,所谓的"文学土地"的面积不是变得更大,而是变得更小。所以这特别要求一个作家时时警醒,既要敞开,不至囿于一个封闭的自我满足的角落,还要从自身内部产生一种抵抗力,拒绝同化,以保持特异性和独立性,看守和捍卫自己这片"文学土地"的清晰边界,即具备一种文学上的"领土"意识。这可以指某一片确切的特定的自然地理上的意义,如我的胶东半岛,另外也可以指心灵上的意义。

一个作家并非一辈子占据了一片"自留地"也就万事大吉,因为这里既要生长"土特产",还要让其蕴含属于全人类普遍法则的营养和要素。一个只写出本土特征、表达本土文化观念的作家,会变得精神狭隘。

回到自身的问题上来,就是我和那个半岛的关系。我会固执地认为,我对那里的认识比许多后来接近它的人更多也更深入一些。我知道它的昨天和今天、各种各样的事件与历史,包括未来的诸多可能性。关于它的认识,即便是掺杂了一些偏执,也会是相当真实的认识。我会从它貌似的熟悉中看出陌生,从所谓的一致里看出差异。最重要的是,我有关于它的深长浓厚的传统记忆,这是永远都磨灭不掉的。

比如说,我可以从深海里正在竖起的那个钻井平台处,讲起那个古代的海神是怎么出没的。我还可以从一片正在拔地而起的现代居民小区处,指认这里曾经是一片无边的林莽,这里有一支奔驰的马队;而且这绝不是什么想象和编造,而是保留在心史里的确切数据。

我对于这个半岛的种种神秘、它的怪异传说和奇迹的记忆,已经化为了个人生活的一部分。这就是我的"文学土地",它由半岛地区的昨天与今天构成。

讲出这片土地的种种"实情",将其搋入现代生活的板块中,应该是我在今天要做的工作。

2014 年 10 月 18 日

(本文系作者在法国巴黎东方语言大学的演讲)

青春·大海·笔会
——我与《青年文学》

　　我二十多岁的时候参加过两个笔会,留下了极深的印象。几十年过去了,不知参加了多少笔会一类的文学活动,可是很快就淡漠了、忘记了,但唯有那两次笔会一直装在心里,连其中的一些细节都清晰如昨。这就是中国青年出版社和《青年文学》主办的"青岛笔会"和"旅顺笔会"。两次笔会的参加者都是二三十岁的青年,都在大海边欢聚。

　　许多年来,我一想起上世纪八九十年代的文学岁月,耳边很快就响起噗噗的海浪声,还有年轻人的阵阵欢声笑语。好像那时的文学就是大海和青春,这二者简直就是等同的和互换的——当然事实上绝非如此,这只是最初给我的一种文学恍惚。

　　我最早在《青年文学》上发表的小说是《天蓝色的木屐》,这是编辑们从大量自由来稿中选择的。后来我就成为这个刊物的忠实作者,并参加了这两次笔会。

正是在这两次笔会上，一些早已在刊物上熟悉的名字，第一次与活生生的人连接起来。

几十年过去了，朋友们的音容笑貌仍在眼前。他们有的直到今天仍然活跃在文坛上，属于文学中坚；有的停止了写作；有的移居海外；有的已经离世。时间太快了，剧烈激荡的时代水流冲洗掉了多少记忆，可是关于青春与文学的往昔却牢牢地留在了心头。

出版社的领导王维玲和陈浩增在笔会期间来海边看望大家；编辑牛志强、马未都、周佩红更是一直和大家在一起。如果没有其他活动，朋友们大多在自己房间里写作，只一早一晚在海边聚谈、散步。笔会还安排了作家去海岛游览、登潜艇潜水、与军营官兵见面座谈等，内容甚是丰富。以前对"笔会"两个字总有一些神秘的想象，这一次才得以亲历，哦，原来是这样。

中国青年出版社曾出版过有名的"三红一创"，是国内最为令人心仪的名社之一；而《青年文学》则一直保持着极大的发行量，在老中青读者当中享有盛誉。一位作者只要在这份刊物上比较活跃，也就一定为广大读者所熟知。

第一次青岛笔会期间，我们从驻地乘船去灵山岛。大家大多是第一次坐军舰，十分兴奋。不过是一个小时左右的航程，却想不到让我们好好领受了一番考验。出海之初倒还没有什么，因为这是风平浪静的一天，蓝天白云一片祥和，海鸥追逐，女作家唱

54

歌。谁知道稍稍深入了一点,貌似美丽的锦缎般的水面就令人不安了。没有什么浪涛,只有起起伏伏的涌。开花为"浪",不开花为"涌",而熟悉海洋的人知道,"涌"才是让人头痛的。那一天的"涌"据说并不大,可还是让舰艇前后上下颠簸起来。歌止喧息,接着扩音器里传来舰艇指挥员不无严厉的指令:

"喂!各位注意,请立刻从甲板撤离,马上回到舱内……"

话音刚停,从舰头和两舷劈头盖脸打来一根根水柱,有人被砸倒在甲板上,衣服全浇透了。

所有人都回到舱内,一声不吭。接下来是难忍的眩晕。不止一个人呕吐。有人开始躺在底舱呻吟。

我至今忘不掉眩晕的可怕。我咬紧牙关,总算没有呕吐。有人事后说:你的脸像纸一样白。

那是一次文学的眩晕。

青春意味着不倦的热情。青岛笔会只有二十多天的时间,我即写下了《拉拉谷》等四个短篇,还结构了一部中篇。这部中篇就是《秋天的思索》,后来又在旅顺笔会上继续修改,成为定稿。《拉拉谷》和《秋天的思索》都发表在《青年文学》上,并且都获得了"青年文学奖"。这对我当然是很大的鼓励。

在旅顺笔会上,除了写作,我还读到了苏联作家阿斯塔菲耶夫的长篇小说《鱼王》。空闲里牛志强常捏紧朋友的一沓稿子,模仿着对方的声音喊叫:"好东西啊!"藤萝架下,我不小心说了一句

"我主编了《贝壳》",朋友立刻瞪住我问:"你'主编'？有文件吗?"《贝壳》只是一份学校文学社的油印刊物,自然找不到文件。

多么有趣的细节,它们只能产生在那个时段。

我怀念带咸味的风。

其实我就出生在大海边。学习写作之后,大海与我发生了新的关系。我写大海的故事,然后去参加在海边举行的文学笔会。对我来说,今天早已告别了青年时代,可是我大概永远不会告别自己最美好的记忆。我还清楚地记得那些声音、那些场所、那些人和事。

祝福《青年文学》,祝福她的编者和读者。

2014 年 6 月 5 日

土地、传统与读者

中国的艺术创作者正面临一个特殊的发展时期,他们的创作及所处的社会环境都呈现出极为丰富和驳杂的态样。怎样认识时代,怎样认识自己,似乎越来越成为无法绕开的重大命题。

在艺术创作专业化程度日益增强、世界窗口更加敞开的当下中国,如何对待脚下这片土地,如何继承文化传统,极有可能会从深部决定艺术的走向,影响创作的内在品质。这里说的"土地",在许多时候也可以理解为平时说的"生活"。

"深入生活"是我们这里的一个老话题,在许多作家那里常常被说成"扎根土地"。一个艺术创造者积极而自然地参与时代生活,也许比什么都重要。但事实上当代社会分工是清晰而细密的,也就是说仅就艺术而言,其专业化程度也往往体现在更高度的职业化上。艺术创作常常被不自觉地等同于其他的专业领域,以行业的专门技能作为标志和区隔。实际上艺术创造具有更深刻的心灵和精神属性，而不能等同于一般的技术性专业。

作为一个创作者，热情投入时代生活，尽可能地做一些具体的生活事务，在社会复杂的实务分工中不做旁观者，这大概是保持创造热情和激情的最好方式。专业艺术工作制度使创造者拥有了更多的时间和物质保障，但也会形成脱离生活实务、闭门造车、气血苍白之弊。这里不必评价专业创作制度的优劣及合理与否，却可以讨论投入生活实务的不可替代的益处。

如果长期在室内读写，感官就会疲惫迟钝；更重要的是对日常生存的痛感、快感等深入的情感就会变得相对稀薄。从根本上讲艺术创作是一种深刻的生命冲动，过分的专业意识就会使自己的冲动剥离化、褊狭化、畸形化。也许专业艺术工作者增加一种"业余"意识，更多更自然地投入某种生活实务，才会令自己的艺术活动保持生机勃勃的良好状态。

在当下中国这个急剧改变、大潮奔涌的时代，艺术家只要投入，就不会缺少激情。深刻的感动替代了浮浅的冲动，杰出的作品就会产生。

除了与生活的关系，再就是与文化传统的关系。因为中国的对外开放已经抵达了新的阶段，世界思想与艺术的窗口进一步敞开，所以各种丰富的异域营养都加入进来，这绝对是一次极好的、千载难逢的机遇。我们这个时期无数的艺术成果，都得益于世界思想和艺术的滋养。但是我们越是在这种情况下越是应该珍惜自己文化传统里的正面元素,因为一种文化传统能够顽强承受时间的检验,汩汩不息地流淌在民族的生存中,保持旺盛的生命力,肯定有其合理的内涵。这正是一个族群安身立命的文化和精神之基,它一旦抽离我们就会悬空。中国文化传统既是世界文化的一部分,又是质地迥异的一个组成板块。

我们这一代人在接受传统文化教育方面比较薄弱,当然我们在接受世界优秀文化成果方面也同样薄弱。传统文化一直受到大力批判和剧烈的扬弃,这可能是在特殊时期必要经历的一个过程,也是和我们的许多进步以及巨大痛苦的历史连在一起的。时至今天,进一步的总结和鉴别的时刻已经到来了。艺术家满怀敬意地回到自己的优秀文化传统面前,也是势在必然的事情。

山东的万松浦书院是在十一年前建立的,它同时也是山东省的一处重要学术基地,其宗旨即在于继承和弘扬中国传统文化。书院作为中国传统的教育制式,在学问传承和文化保存上起到了不可替代的巨大作用,而在今天再次焕发了青春。万松浦书院十一年来专注于自己的本职工作,努力开展中国传统经典的研究和教育,接待众多的古文化专家,并与当代大学的文学教学适当结合,在研习传统文化方面做出了一点微薄的贡献。

当代艺术创造者与传统文化,虽然不能说是鱼和水的关系,但也可以比喻为鱼和众多活泉的关系。中国传统文化与时代精神的相逢,就会再次焕发出激情,与现实生活一起奔涌,极大地养育我们。

山东一直被称为"齐鲁",是齐鲁文化的发源地。儒家精神,齐国风韵,一直强力地塑造着这片土地,并深深影响了中华大地。山东作家或者受齐文化滋濡更多,或者具备强烈的儒家情怀,或者二者在血脉中紧密结合已经不可分离。在文学创作中,山东作家的文化胎记是十分明显的。

山东作家一直有入世情怀,忧患意识较强,关注现实生存,表达民众疾苦。在这片土地上,自古以来产生了那么多卓越的思想家和艺术家,今天,山东的写作者任重而道远,应该追随先贤的脚步,不负历史重托。

为怎样的读者和受众所创作,从来都是艺术优劣的重要分野。艺术创作者从过去到现在,都不能忽视受众的数量。但对读者的认识不能受一时一地的狭隘限制,而需要远大和深长的目光,即常常说的要经受时间的检验。相信时间就是相信未来。简单的受众人数的多寡说明不了太多的艺术问题,因为人性是有弱点的,人是有局限的,也许在一定的时间和范围里,低俗下流的作品有更多的观赏者和阅读者,甚至会引起轰动和围观,并且更能够传播。这已是不争的事实。

人的责任心、理性和良知良能,将给艺术创造者的一支笔以最好的驱使。

仅仅为了博取围观,为了物质利益而创作,就背离了艺术创作的源头——始于生命深处的诗与思的激越。

在这个进入全球化、市场化的众声喧哗的数字时代,艺术家正在迎接前所未有的考验和检测,在新的挑战下,需要他们付出更大的劳动,更加沉着也更加热情,既不怕寂寞也不怕喧闹,从而做出自己深沉的、扣动时代心弦的、全新的艺术表达。

2014 年 11 月 6 日

只能如此持守

这是一部引人入胜的爱情书。

书中这些 70 后生人有一些极特殊的经历,他们正面临着自己全部的人生问题。所有问题既新又旧,因为一代代人都会在这种更迭接续中往前走,循环往复,构成所谓人类生活的历史。文学是人性多彩多姿的摹本和棱镜,以文字方式再现的生鲜与活泼,既可以抚摸又可以吟味,其意义是永远不可取代的。

这部书,令人产生深切的、长长的感叹。

它讨论和叙说的是爱情诸问题。爱情不是人生的全部,却常常构成人生的核心事件。能够爱的人是幸福的,懂得爱的人是深刻的。王颖对笔下人物的爱有深入别致的洞悉,这些人物几乎没有一个不是复杂难言、心肠热烈、渴望冲动的,是活得真切、活得生机盎然的青年与中年,可能还会有相差不远的老年。

进入网络时代之后,阅读已经大为不同了:虚构故事中似乎遍是爱情,于是人们会对所有的这类文字表现出见怪不怪的平易心情。这其中即便是最大的猎奇,也吸引不了多少目光。总之这种阅读好像正在呈现无足轻重和百无聊赖的情状,已经难以进入稍稍认真和严整的审美心态。

可是实话实说,真正的爱情书是最难写的,也从来都是最多情、最有趣的夺目文字。有时我们甚至可以说,爱情的表现与记述占去了小说这种文体的绝大部分,因为我们真的很难找到一本与爱情毫无牵涉的虚构故事。于是问题也就接踵而来:读者对"爱情"的刺激有了强大的免疫力,对所有关于"爱情"的描述有了更加苛刻的要求。

但是,这种苛刻在成熟的读者那里又是极为不同的。

比如说他们再也不会简单地追求离奇和新鲜,不会寻找一般意义上的华丽和缠绵,而是要从中看取不同凡俗的感动和激情,能够于相似的沉湎中获得生存的意义和勇气,并在这个独自领悟的过程中延长扩大自己的生命经验。

人们于爱情中联想和幸福。人们不甘心过平庸的生活。人们想在崇高和意趣中鉴定自己。人们要自我追求并赞赏许多追求。

这本书就给了我们这样的满足感。她的文笔灵动地一挽,就将你的感叹、微笑和泪水一起汇拢,然后让你动情地注视、期待,最后一点点加入进去。你跨越文字遥不可及的距离掺入了幻想,又在对号入座的悖谬与无知中跃跃欲试。这就是所有成功的爱情书写所能带来的梦想效果。

这里除了创作的功力，还必须要面对真诚这个老麻烦。我们一再强调书写的真诚，情怀的不欺，就因为这才是写作的基础。网络时代聒噪逼人，遍地哆声，凡稍有价值的写作就需要具备真诚与淳朴的精神。的确，只要人类还想生存下去，还想继续葆有一份健康的情感生活，就只能如此持守。

作者是诚实的，她交付出心灵深处的激越，才有了这全部文字的灼烫感。她的书写出了青春的尝试、青春的无奈，以及青春的浪掷。时间匆匆，韶华易逝，可是年轻人总是烙下深深的生命印记。

青春时节有火烈的爱情，它燃烧的余热将温暖人的一生。

人的一生应该是爱的一生；而好书，又总是关于爱情的。

2014 年 5 月 28 日

（本文系作者为王颖长篇小说《倾车之恋》序）

少女不易塑造

——读张望、孙爱国画作有感

一

　　这些人物画会有许多拥赞者，因为他画出了一番青春的天地，让现代人的心灵得以抚慰，获得了非同一般的愉悦感。如果由一个专业之外的人士来看，这高兴这喜欢或许更要真切实在；但要换了一个专业人士的眼光来看，就会有更多烦琐而细致的话要说。我不是一个专业人士，不懂那么多笔墨的内窍，只是从直接的观感上说一下心得和看法。

　　这里画了很多女子，各种女子，主要是少女。这是一条十分艰难的"近路"，因为自古至今画家笔下、作家笔下，主角往往都是女子，所以要出新并不易。这种艺术的立足之地已经非常拥挤，一个人要选择这样一条道路是需要专业勇气的。少女尤其不易塑造，因为她们处于人生的繁华阶段，一定会吸引更多的目光，接受更多的检视，欣赏的同时必然还要有许多挑剔。

从世俗的原理出发走向了艺术的纵深，必会经历异常的辛苦和磨炼。这里面当然有艺术升华的过程，有苦心孤诣的追求，有不为人道的大欢乐和大伤感在。美的创造者总要经历眩惑和痴迷，徘徊和缠绕，最后才是主意笃定的坚持。特别是从世俗通观的显豁之美走向独自掌握的个性之美，这其中蕴含的晦涩应该是巨大的。这也是真正的艺术家和凡夫俗子的分野所在。作者深明此理，于是能够把这些探究一丝丝融入笔画之中，留下了浓重的个人印记。

或许可以从他的艺术创造中索要更多，诸如人类生活以及心灵的复杂元素，如苦难如悲伤，如近在眼前的哀难与漆黑。人们与当代生存中的切肤痛感、不可忍受之殇，在艺术表达中必须间接或直接透露出来，这才会有震撼心弦的力量。这既是艺术的永恒性诗意，也是其当代性原则。但是，即便从如上这些苛责而又平直的要求来说，画家仍然是不失其意义的。

首先他以单纯和甜美的丰富性，唤醒着人们的审美力。每个人在似曾相识的回顾和幻想中，组合与汇聚起关于真与善、仁慈与怜悯的情愫，这对恶是具有抗拒力的。其次他的作品中显然含有相应的繁复性，可以说于相对单纯的题材中注入了丰盈的人性内容,包含有多层次、多方面的人生境遇。

画家即便仅仅在自己的绘画中凸出和塑造了少女形象,那也会是一个极为完备和绚丽的、千姿百态的艺术世界。关键是看其笔触之下的力度,看其最终要如何贯彻的人性的尊严。

我最为注目的,还有他对于线条的极度敏感,对于某一种生命质地及内涵的专注追究。

由此,我在赏读之余写下了这些祝愿、这些感触。

二

这里,给我深刻印象的是他的速写画。这些画家随笔在我看来却是难得的精品,让人爱不释手。我抚看这些墨迹,想象他眼中的山水大地、人物风情,领略别样的情怀与气息。

一个艺术家没有实勘之力,没有深入自然和民间的长旅,也就不可能产生如此的记录。这和作家手下的随笔是略有不同的,它们更为逼真传神,掀开纸页,生活的热情扑面而来,有强大难抵的感染力。

作为一位资深画家,其功力是不容置疑的。功力与才情相加,就有了杰出的作品问世。不仅是他的速写,更有其水墨人物、青瓷画作,都有业内称奇的创作。

水墨人物中,他擅画吊眼女郎,着装少,神气诡,算是画苑奇葩。无奇葩则无艺术,时下求同相仿之作颇多,而出手绽放异彩之锐较少。他能够恣意点染,处处风景,可谓艺高人胆大。

我希望早日读到画家的速写集。这样的一本书收在手边,将给人许多生活的意趣和诗意的畅想。树木,人与动物,高山流水,风吹茂林,白沙露湿,仙鹤独立,万般景致尽收笔端。作者是何等豪放、热情洋溢、纵横涂抹、妙笔叠置。

诚然,随着世风渐变,物欲大涨,杰出的艺术家势必逆风而为。由此看来,画家必将给笔下人物再度加衣。所以他的男童与罗汉,在其青瓷画中有了更加令人喜爱的风姿,显得既庄重自由,又舒展从容。

2014 年 11 月 28 日

食物的阴阳二性

    这是法国女诗人蔚篌(Véronique Meunier)的双语诗集。她是一位热爱中国文化并能够深入领悟的人,出版过好几部关于中国文化的著作。我除了读她的诗,还读过她的一部叫《植物菜肴:阴-阳》的书。这是一部菜谱还是别样的诗? 使我迷离恍惚,只是觉得趣味无限。

    作为一位西方人,她竟然懂得食物的阴阳二性,还试图弄懂天干地支,研究六十四卦,这些在东方人看来也是十分困难和烦琐的学问。她到底是一位兴趣广泛的学者,还是一位知识丰富的诗人? 在我看来二者都是,而且二者合为一体——正因为如此,才有她别致深刻的学问和烂漫的诗章。

    我们打开的这部诗集,似乎每一行诗都在飞翔中,在剧烈的运动中。它们一共十五首,六十小节,被喻为"十五个爱情故事"和"六十个爱情便利贴"。特别是后一个比喻,可以看成是完全法国式的。

我不知道在东方人的阅读体验和现实经验中,还有哪个民族比法兰西民族更为浪漫多情?是的,这本诗集又一次做出了这种认识的强力注脚。

诗中的"我"是最能爱的一个人,她是如此的敏感纤细和多情多谊,她需要生活中的爱情加速度,她需要沉浸和不可避免的眩晕,她需要由此来印证生命的强度和意义,她需要在永不停歇的飞翔中寻找和捉住。

生命最伟大的奇迹之一就是激情。激情并不毁坏理性,却无一例外地推进了创造。没有爱就没有激情,爱是激情的同义语。爱最终赋予这个混乱无序的世界以逻辑和道义。

是的,只有诗句才能表达人性中这一隐秘而开阔的角落。让无法言说的言说变得清晰,令飘忽即逝的一瞬变得永恒,这就是诗的功能。神色,预感,气息,宿命,因胆怯和孟浪而滋生的微微汗粒,在触动和幻觉中降临的绝望,这一切都必须由诗去诉说和记录。

蔚篌以法国人得天独厚的激越不息的情怀,君临这世界上最华丽又是最复杂的爱与欲的表达。火车,候鸟,旅客,天使的错觉,这诸多意象和现实的道具纠缠在一起,参与了诗人没法终结的言说。

在相距遥远的文化类型中,人性的体验却是真正的近邻。诗人的"因为幸运,某天我们遇到了生命中完美无缺的那个天使""棕色的长卷发,保养得极好,正爱抚着双肩,我试图在其背部找到隐藏翅膀的痕迹""火车是我的同谋,帮我们卸下羞涩""当然,有些地方是不会发生艳遇的"……所有句子及其蕴含,作为东方人完全能够会意,可以从细微处产生质感。

相信读过这本诗集,就会理解和体味"六十个爱情便利贴"到底是什么意思了。在一切都变得飞旋和加速的网络时代,深入和驻留的伟大爱情可能是稀薄的,人们受伤频仍,创口淋漓。但也正是这样的时代,才更能让人领受爱的吟唱,认识这种吟唱的意义和力量。

我喜欢这部诗集的真切和直接,它作为一本文字读物,似乎能够迅速加入和融进我们的现实生活。

2014 年 6 月 18 日

(本文系作者为法国诗人 Véronique Meunier 诗集序)

文字的河流

从地图上看，它只是半岛西北部一个小小的"犄角"，那里当时还是一片野地丛林，没有多少人居住。一个人如果在这样的地方出生，就会习惯于人迹罕至之地。大自然使人的思绪变得遥远，视界里有地平线，这个很重要。

一个人在创作时总要沉入自己的感性世界。理性的力量会撤到暗处，把握所有的一切。二者的交织可能就是诗意的写作。诗性的表达主要还不是一种方法，而是自然而然的，是生命的想象和沉浸。人的性格是天生的，后天将有所补充和改变。后天的部分与先天拥有的一些因素衔接到一起，然后一块儿发挥出来。

作者笔下的内容与他的感知有关，所以说不能不受经历的制约。但这不一定完全属于个人经历。中国的知识人从历史到现实,经受的苦难已经足够多了,当然体力劳动者也是一样。二者都需要关注。体会和了解知识人的苦难,在我们这里总是十分容易。至于能否深入地叩问,那又是另一回事了。

鲁迅和托尔斯泰曾经是中国人一再阅读的作家。一部分人随着年龄的增长,将开始一点点读懂他们。他们的读者多,但是被概念化的程度很高,所以变得更不容易读懂。人生阅历对阅读很重要,不到一定的年龄,有些作家是读不懂的。

非物质主义和商业主义的时代,正是一个积极寻找精神意义的时期。在那种潮流下,人可以获得向上的动力。但是强大的个人一定是独立行动和思考的,最后形成所谓的"一个人的多数",就是说一个人也可能占有极大的真理性。最好的写作一般不至于混入群声和潮流,不让人归类也难以归类,这才有可能是最好的。

"葡萄园"一开始是实指,写得多了,无形中也就"象征"起来了。半岛地区有无数的葡萄园,写作者在那里活动的时间长了,在其笔下也就很难再成为一个虚指。不过《圣经》里多次出现过"葡萄园",这就让读者换一副眼光去看,于是他们将认为这不是一种巧合,并因此而辐射出更多更复杂的意味。

这个世界已经踏上了"现代化"的不归路。物质主义、商业主义与"现代化"是最好的伙伴，由此看，人类也许没有诗意的明天、没有那样的希望。谁也不能将炽烈的物欲从现代科技中过滤出来，所以谁也不能无忧无虑地歌颂"现代化"。人生太短促了，人疯狂地追求速度，这又使其生命变得更为短促，所以人是非常可怜的一种生物。

根是觉悟力，是人类原来就有的良知良能，而不仅仅是后来才有的什么思想体系。人接触自然大地，劳动，简朴地生活，就会让自己变得诚实。守住这种诚实，人类才有希望。

现在的这个时代已经难再说有什么"民间"了。因为城市化和现代科技化、数字化，已经比较彻底地消灭了"民间"。二十年前还有一点。真正的民间在民国以前，那时有一些独立生存的空间，于是才有各种不同的传统的持守。从当年那些单独的空间中，人们可以吸收许多创造和发现的能量。现在则不行，现在的思想和方法都相互感染，变得单一了，似是而非的东西越来越多。

一个乡土作家老实地作文，只写一个地方，这也很可贵。这样的作者或许不是一个才华飞扬的大天才，但他对自己的乡间有悟想、有记忆。这正是他最主要的价值所在。我们与他不同，我们关心得太多，也许这正是我们的弱点。

我并不是一个"民间"立场的持守者，我只是一种坚持发出个人声音的人。"民间"已经是一个十分可疑的概念，它而今变得混杂极了。"民间"许多时候恰恰被当成了庸俗和粗俗的代名词，无良知无立场的代名词，下流无耻的代名词，痞子的代名词。"民间"还常常是一种暴力，一种变形和遮掩了的专制力量。大地和星空的力量绝不会作用于这样可怕的"民间"。我们应该服从、寻找和感受大地及星空的力量。

没有什么"生态文学"，而只有文学。所有好的文学杰作，都有大自然所孕育的充沛之气。一般来说所谓的"生态文学"，也包括其他各种"文学"，都是对文学很隔膜的。文学是什么？它与生命及大自然有什么关系？这些都是很本质的问题，需要一再去追问。

作者考虑一部作品时，"方法"想得不会太多。有些作品的"形式"不是设计出来的，而是出于需要。与一种语境适配的形式将会产生出来。作者的身心始终让浑然的整体感受笼罩着，笔下流淌出的文字才会有神奇生命。

"齐文化"要感受它才好，它不仅是作为一种知识贮存于作者身上。一个东部出生的人，对齐国的生命气质，要在年纪稍大时才感知到一点。我们现在知道，在半岛的东部有一个物质主义的古老国家，这个国家与内陆不同。齐文化的基因就在我们的文字中、在举手投足间，但是这需要慢慢发现和体味。

　　这部长河小说（《你在高原》）是用心血浇灌的，是很漫长的劳动的结果，里面的感动很多，记录很多，隐秘也很多。作者不太相信它是一般意义上的书写，它是血流奔涌的一个生命体。

　　它写了许多上世纪50年代生人，只是取一些标本而已。其实人的奥秘都是差不多的，都说不尽。

　　这部长河小说不影响作者其他的创作。它的产生更能使人安静下来，空余出更多的时间来经营其他文字，表达更丰富的感受。当然会有更好的作品写出来，这是写作者不曾怀疑的。

　　国学当然是指关于中国传统文化的知识学问，研究对象主要包括以儒学为主体的中华经典，如从先秦诸子一直到明清的思想哲学、文学艺术、历史地理、政治经济等综合的积累和呈现。

　　最能够让一个民族增强自信心的还是国民良好的人文素质。有了这个基础，其他一切都比较好办了，如维护好的自然环境、发达的经济与强固的国防等，都不难解决。相反，如果国民人文素质低下，其他即便获得了也是暂时的，得而复失是很容易的。

作家有许多种，包括政论家和思想家、哲学家、历史学家等。作家是社会的思想及其表述器官，是民族的声音，他们必然对社会走向、对一个族群的总体品质产生至关重要的影响。当然拥有怎样的作家，也是对一个民族总体素质的抽样检查。

流行的书能够做到大致健康也就可以了，倡导积极向上的精神，而不能庸俗下流。对流行书指望它有多么深刻，这往往是不切实际的。因为真正杰出的著作，无论是思想类还是艺术类，都不太可能呈现流行的样态。显然，所有深邃高超的创造，尤其在思想艺术领域，常常是卓尔不群的，对受众来说，需要一个慢慢消化和接受的过程。

经典作品是常读常新的，也是一个民族最基本的精神食粮，它现在的印刷量仍然是最大的，可以一代接一代地读下去，没有什么"式微"的问题。当下很少看到好的作品问世，这是最正常不过的，因为一个时代不会留下太多杰作，它们总是需要在时间里一点点淘洗出来，是可遇而不可求的。好作品是在时间里积累和判断的，离得太近也看不清楚。因为艺术审美是很复杂的一件事。

山东作家我知道一点，其他方面的作家我不太清楚。就文学创作来说，中青年作家很好，他们实力很强，在全国算是突出的。山东上世纪 50 年代出生的作家还在写，他们现在已经非常成熟了，极有可能写出自己的代表作。山东作家植根土地很深，但还应该更多地仰望天空。

青年作家和中老年作家全都一样，最好是坚持业余写作。专业写作的心态和制度都不是最好的。他们要有一个日常的营生，而不要专门写作。尤其不要为名利而写作，要为自己的心灵去写作，为了人生的一份责任去写作。对作家来说，先树立好的世界观比什么都重要，其他都可以另说。

好书是专门写给好读者的。因为人口很多很庞大，所以写作者不必担心没有好读者的问题。那些只能做"碎片化阅读"的人其实并不是读书人，写作的人可以不考虑他们。好书是有魅力的，所以总是越长越好。

对真正的写作者来说，只有心中的文学，而不太考虑文坛如何，他们甚至不认为有什么"文坛"。非虚构文学包括散文、报告文学等，是一直有许多人在写的，现在并不是特别盛行的时期，比较起来反而有些萎缩。

李白和杜甫作为两个隐性的榜样,无论是写作还是现实生活,对知识人特别是文学人的影响是很大的,渐渐形成了两个不同的概念,比如现实主义还是浪漫主义,比如脚踏实地的朴实还是比较夸张的言行举止。其实每个人只需做真实的自己就可以了。如果将人比喻为一枚硬币的话,可以不做正面也不做反面,而只要做另一枚硬币。李白和杜甫的被概念化、简单化,正是一代代阅读者心灵的苍白和贫瘠造成的。他们两个作为真实的人,并不是这样简单的。

我不是一个专业小说家,甚至不想做一个专业写作者。人在生活中总要有些表达的,这来自为人的责任,也来自心灵的种种冲动,所以有许多时候必要求诸文字。今天的故事已经太多了,小说家的故事可能是很廉价的,虽然故事中也可以包含深刻的意义。实际上许多故事直奔娱乐,并不是什么重要的工作,算不得高格。人的表达,作家的表达,运用故事只是一种,还理应有许多其他方式。如果仅仅是为了传达理念才运用故事,那也是蹩脚的,好的讲述自有魅力。总之人要有勇气、有能力使用各种方式来表达自己,并且最好坚持写作的业余性质。

在各种欲望都被撩拨起来的当下，有的人也许并不需要一起参与，因为这时候恰恰不是"贵在参与"，而是个人的持守。数字时代，时间比想象的还要快上十倍，于是像陶渊明那样珍惜时间，对时间那样敏感，或许才是最重要的。这时候的人生大事，当然不再是精明的博取。我们用来阅读和劳动的时间，安静和安顿自己的时间，都已经很少很少了。

任何事情想得明白并不容易，要做得明白就更难了。我们睁眼看许多文字，看生活中的人的各种表达，常常为其荒谬的世界观而难堪或痛惜。这也包括对自己。陶渊明说的"觉今是而昨非"，就是讲人的反省和前进。里尔克说人没有胜利可言，挺住就意味着一切。在今天，每个人的身心都伤痕累累，要"挺住"是很难的，但是稍一松懈就垮塌了，如泥委地了。所以先要静下来，然后才能像鲁迅先生那样，对世界投上最冷漠、最热情的目光。

人是有精神与文化视野方面的区别的，这些决定了所谓的人生境界。作家的人生境界高，也不一定能写出杰出的作品，但不高，大概就更难了。现在翻书，常常感到其中的人生观、价值观很成问题。许多作品努力表现的、倡导和向往的价值目标，是比较低俗平庸、有悖于人类普世价值的，甚至是有害于人类生活的。但是作者未必认识到这些。比如写个人奋斗，写"强者"，仅仅

"接地气"，写出真实的社态与苦境情状还远远不够，还要从文字间渗透出作家本人的"天上的星空，心中的道德律"，有这样高阔的情怀与觉悟才好。敬畏、悲悯与人的自我反省力，不是大而空的几句套话，而应该是具体的、深刻于心、于血液和灵魂深处的。不然就很容易写成了个人的所谓"成功"、不惜一切的、不择手段的"英雄"，这种"英雄"对于人类社会是极为有害的。作家写底层奋斗的强者，尤其需要极高的觉悟力和思想力，不然就会沉浸于狭隘渺小的个人功利主义，不会成为真正意义上的杰作。

至于对血腥暴力色情的沉湎和玩味，那就更加等而下之了，不在话下。

在这个时代，物质纷扰太多，眼前诱惑太多，所以坚持中外各类人文经典的阅读就显得越发重要了。是否领略和学习过这些经典，是否试图打开人生的精神地平线，这是能够从作品中看出来的。这也许是当代作家的一个痛点，包括我自己。

我认为童心、诗，这都是文学的核心。除掉它们，我不知道还会有什么杰出的文学。儿童文学不能过分地独立出来，它只是另一种色彩和格调的文学。儿童文学如果真的可以独立存在，那么它的难度是很高的，因为它可能更趋向文学的核心。诗也是一样，是最不易写的。我从一开始写作就写了许多儿童视角的作品，也写了许多诗，不过直到现在仍然没有写出令自己满意的文字。

写"儿童文学"和诗,只能是我全部文学写作中最重要的工作,会贯穿始终的。

青年写作者的选择是自由的,他们会在自己心灵的指引下往前走。外部的影响有作用,但远远不像我们通常认为的那么大。生命的质地决定了审美力和审美方向,而这质地是很早就决定了的。这样谈也许过于神秘了,却是实情。

"家族""大地情怀",以及"高原精神",这都是一些大词,对于写作意义不是很大,它们需要在很具体的语境和场景里才有内容。

还有所谓的"流浪者"。我在《九月寓言》《你在高原》中写了不少流浪者,其他书中不多。人生其实就是一场流浪。再说"知识分子",知识分子是人类当中最重要的一类,他们大致上决定了一个时期社会生活的状态和方向,所以不可以不关心这部分人。至于"忏悔",是每一个觉悟者、走向深刻认识的人的生活常态。自省和自我批判,是每个人生存的最基本的道德要求。

有人问作品中常会出现鬼怪神话,这种超历史的"精灵话语"或者说"野地话语"的叙事方式,跟《聊斋》里的描写有什么区别?

还有,作品中为什么常有大段的直抒胸臆的抒情和议论?

实际上这些"鬼怪神话"有作家的个人性在里面,《聊斋》前后都有许多书写了这一类,但气息是不同的。比如马尔克斯的这一类描写,与中国本土的就有很大差异。

我的书中离开作品人物的抒情和议论好像没有。这是人物的抒与议,不能看作是作者的。如果是作者的抒情,那应该放到散文中;如果是议论,那应该放到论文中。第一人称不能等于作者,但会给人这种错觉。

《没有个性的人》《生命中不能承受之轻》《战争与和平》等名著中有作者的直接议论,但一般来说极大的作家在一定条件下才能这样做。

儿童文学的概念在我这里不太深刻,但儿童读者肯定有一些特殊性。写出令儿童喜欢的文学作品,这是具有高难度的。一般的儿童读物倒并不难写,那是很容易的。

这种创作其实一直伴随我,并不是一种转向。我想诗心和童心是文学的核心,真正杰出的写作总要贴紧这两颗心。

我年轻时候写得多,到了五十岁以后写作量其实是很少的。以后我的写作量可能要变得少而又少,但对自己的要求将更加苛刻。主要是阅读,是做一些生活实务,尽可能让写作处于一种"业余"状态,这十分重要。

　　李白、杜甫的诗,唐诗宋词,是中国人最熟悉也是最陌生的。因为从小就听到一些句子,上学也要学习。不知道李杜的人很少,但知道得很深入的人也不多,有个人见解的人更少了。人云亦云的多,概念化理解的多。这对于学习李杜、了解李杜,反而造成了俗见的屏障,俗见越多屏障越厚。少年读李杜,中年读李杜,五十好几了再读李杜,每个年龄段的感受都大大不同。仿佛是最熟悉的东西,也会突然发现:过去原来真的不懂。

　　我以后还会再读李杜,那时候新发现和新感受一定还会有。多么复杂的人和事,还有那个朝代的一切,都需要仔细辨析。研究李杜的书籍太多了,可以用一个词"汗牛充栋"来说。这么多书,都可以看,不过让我们信谁的? 最后还得信自己的,自己的真实感受,自己的判断,这最重要。好在有李杜的作品在那里,这是最好的依据,离开了这些依据,书再多也没有用,那样的书并不重要。一些不重要的书只会干扰我们的阅读。紧紧抓住原典即李杜的作品来读,这是我这些年侧重做的事情。李杜这两个人太有魅力了,所以他们的诗才有魅力。

　　别人是怎么说李杜的? 这对于研究者是重要的,但对于一个读者不一定特别重要。最重要的还是自己从李杜的作品中获得实在的感受。最真最深的触动是什么? 能直接说出来吗? 这才是关键之所在。评说李杜，品读李杜，少看别人的脸色，这是关键之所在。

　　当时郭沫若的《李白与杜甫》这本书影响极大，一方面因为是他这样一个人写出来的，他是1949年之后中国的桂冠诗人；另一方面那时候基本上没有什么书，读者实在饥渴。当时他的观点引起了很大的争议，但碍于他的身份，反面意见并不尖锐。进入上世纪八九十年代了，宽松一些了，可以说话了，各种批评之声才泼辣而出。我对这本书的看法很多，一直闷在心里。但我真正冷静下来，如今再读，却读出了不少隐秘。这属于人性的隐秘，每个人都有。以前我一直纳闷的是，这位写过《女神》的天才诗人，有豪情、有洞见、有大经历的人物，怎么后来会写出那么多自残式的、极幼稚极肉麻极可笑的所谓"诗"？也正是从《李白与杜甫》这本书里，我读懂了一点点"为什么"。许多许多人性的秘密，就藏在这本书里。他借两位古代诗人，竟然说出了许多真话，当然那是曲折地说、隐晦地说。从这个意义上讲，这本书很重要。我的"也说"，当然是从他的书缘起的意思。郭沫若先生书中当然也有一些不可救药的"时代偏见"，这也是人们说了多次的。

　　有时更喜欢李白，这和郭沫若是一样的。这是没有办法的事。李白是一个自天而降的人物，杜甫从地面往上攀登。但是杜甫的朴实与诚恳,又有人性的大魅力温暖和吸引着我们。

对古人的任何阅读脱离了当代思悟,就少了许多意义。不能满足于学究式的考据,虽然这也十分重要。我们要能从当代的网络喧嚣中听到李白和杜甫的脚步声。这声音一开始会是弱小的,但仔细倾听,它就会离我们越来越近,最后这脚步声变得震人耳膜。李杜离我们并没有想象得那么遥远,时间也没有我们想象得那么缓慢。时间很快,唐朝不远。许多问题并没有完全离开我们,比如底层与庙堂、浪漫主义、干谒、腐败与清流、攀附与寂寞,等等,这些大问题其实自唐朝甚至战国时期到现在就没有多少改变。由此可见,读李杜也是一件切实就近的事,因为这两个标本不仅是文学的、诗的,还是人的、社会的,他们身上放射着强烈的现代和时代的光芒。

《也说李白与杜甫》这部书是我在万松浦书院春季讲坛上与听众的对话录,而后当然又做了细致的修订才出版。

上世纪70年代初郭沫若先生出版了一本《李白与杜甫》,影响很大。那时候公开出版的书很少,再加上郭先生这本书提出了许多新异的见解,所以引起了读书界一片议论。这种讨论直到今天还在进行,它在学界的影响还很大。我的这本书前边加了"也说"二字,当然是对应郭先生那本书的,熟悉这段历史的人一看就会明白,这是由那本书谈起和生发的一些文字。要理解这本书,最好先看一下郭沫若先生的那本书。任何书都要求简洁,力争用最少的文字说个明白。这本书要告诉读者的,也就是书中这二十多万字所表达的内容。

这不是一本研究专著,而只是一本阅读感言:读郭先生和李杜诗文的感言。它必然要综合写作学、文学批评、诗学研究等诸多问题,还要面对网络时代的崭新问题。

人总是为了自己的尊严才倍感痛苦,因为人性里面从一开始就被注入了这种敏感和要求。李白、杜甫作为大天才,他们一生的痛苦也主要来自这里。不要说人,如果我们细细观察,会发现即便是一些动物,有时也会表现出一点尊严感。所以人被利益诱惑到不顾一切、不择手段的地步,其实连动物都不如。越是良好的社会,越是让人对自尊变得敏感;而恶劣的社会,一切正好要反过来。

这部长河小说(《你在高原》)写了二十二年,这么长的时间不可能什么都不干。我这二十多年里做了许多实打实的事,只说写作,也发表了大量其他的文字。因为这部书太长,也只好慢慢写,绝不敢草率。

写作者常常有个误解，就是要"服务读者"。写作是一种心灵之业，要始终听从心灵的指引，更是追求真理的一种方式。如果总是想着服务什么人，哪里还有自己的艺术？利用公众趣味投机取巧，这对于一个写作者而言，是可耻的。服务读者，讨读者的欢心，只会是卖掉自己，走机会主义的路，让写作平庸和堕落下来。不倦地追求真理和艺术，才会是有意义的人生，才会对人类有所贡献。读者不等于真理和艺术，虽然也不必把这二者对立起来。《你在高原》是沉浸在思想和诗意中的写作，无论如何，它在努力追求真理。

　　有那么多人仔细阅读了《你在高原》，这让我有些惊讶和感动。这部长河小说的读者写下了长长短短的文字与我交流，这是自《古船》和《九月寓言》之后最让我始料不及的事情。以前我以为他们没有时间，只读其中的一两部已经相当不错了，事实上却不是这样。

　　在我看来，"现实主义"和"浪漫主义"没有那么对立，它们甚至是一回事。从文学创作者的体验来看，好像没有什么"现实主义"。因为凡写作必要个人化，必要想象，必要变形和夸张，必要让思绪激越和飞翔。再现"客观现实"的文字不是文学。杜甫通常是"现实主义"的代表人物,在我看来他最好的诗却是十分浪漫的。诗人们的性格不同,文字的风格色彩自然也不同,但他们只要是优秀的,就必然是浪漫的。

我从来不认为自己是一个专业小说家,而只是一个经常写作的人而已。只要有表达的欲望,我就会以合适的形式写出来。小说、书评、诗、报告、论文、计划书、教材、散文、戏剧,都尝试过。其实只要一个人认真生活,有所谓的责任感,就一定有很多话要说,如果是一个写作者,就会以各种形式发言。做一个专门的写作匠人如"小说家",只不过讲讲通俗故事,比较起来就廉价一些了。所以我只想做一个业余作家,生活中该做什么就做什么,写作冲动来临了,又有时间,就坐下来写作。我没有采过风,也没有寻找过素材,因为没有这些需要。实际上一个人只要坚持了写作的业余性,并将其作为原则,那么可以写的东西、写作所需要的"激情",就一定会源源不断地涌来。

网络只是一种传播渠道,用来发表和发行。有人认为应成立"网络作协",这好像没有必要。因为以前也没有成立过"收音机作协",没有成立"报纸作协"和"图书作协"。某些人认为在网络上发表的作品就可以粗制滥造,这是一种自残行为。在哪里发表都一样,写作的心态都要相同,都需要认真苛刻地对待自己的每一个字。有人总是说"网络文学"如何如何，这是十分不妥的一个说法，好像没有拎清。哪里有这种文学？只可以说有"在网络上发表的文学"。作品在收音机里广播就成了"收音机文学"？这样讲不是令人费解吗？

我的写作是断断续续的，因为每天都有一些事情要忙。理性地看，也只有投入这些事情才能有更多更好的创作，因为脑子需要从纠缠的文字中走出来，不然就会陷入匠人的、惯性的写作了。在写作上我也没有什么计划，总是在不得不坐下来写作的时候才写。

人生是异常困难的。要战胜这些困难就需要努力工作。每个人都会觉得只有自己才是活得最苦的人，因为他体味最深的一定是自己的坎坷。所以任何人取得的劳动成果都是不易的，尊重他人的劳动就是尊重自己，也是最重要、最需要理解的人生伦理。

作品是最好的引导，阅读是最好的老师。少年时代读得多，模仿学习并且很愉快，结果就越写越多了，直到现在。但我一直认为写作应该是业余的事情，尽管有时认为要写的东西很重要，以至于不得不放下手边的其他事情。生活中有许多比写作要重要得多的事情，所以还是要常常放下写作。

在国内甚至国际上，也许没有哪一个文学人物会比李白、杜甫更有名，即便在国外，今天的一些文化人对他们也比较熟悉，口中常常提到他们和他们的诗。有人可能认为在中国，关于李杜的书可以说已经汗牛充栋了，似乎再也没有更多的话好讲。事实上李杜是常读常新的，每个时代都会读到自己的李杜，他们一定是极为有趣的、不同的。在这个精神生活发生天翻地覆变化的网络时代，也就尤其如此。郭沫若先生在"文革"后期有一本极有名的书叫《李白与杜甫》，当时许多人看了很有意见，不认为是持平之论。今天批评这本书的人更多了。不过现在看，这仍然是一本极有创见的书，有才华，敢说话。比起一些死板的照本宣科和老生常谈，它实在是更有意思。有些学术书常常是这样：没有什么硬伤和错误，可就是无趣、无见识。

郭先生的书中牵强之论很多，但也有独到之处。比如他在书中以极为隐曲的笔触，写出了平生最大的伤心事。他借李白、杜甫之酒，浇灌了心中的块垒，这是只有今天才可以直言的大隐秘。我对这本书有许多看法，有的赞同，有的极不赞同。我的书名叫《也说李白与杜甫》，"也说"二字当然是有针对性的。我对传统的李杜研究成果，首先是好好学习，其次也会产生自己的许多看法。我们和李白、杜甫一起来到了这个网络时代，所面临的许多问题惊人的尖锐，所陷入的巨大矛盾几乎到了无法调和的地步。

也许没有一个历史上的著名文化人物，能够在这场空前的挑战中得到幸免，甚至还要遭遇可怕的侵犯和亵渎。我们这个民族如果从李杜的诗篇中得到了恩惠，那么现在就应该站得离他们更近一些，因为当下的喧嚣声太大了，我们只有离得更近才能听清他们说了什么，才能和他们对话。我的这本书就是尽可能地靠近再靠近，然后是倾听和对话，因为噪音真的太大了，有时只得目不转睛地盯着这两位古人，还要放大了声音才能与之交谈。

在这个多元的、多声部多音道的时代，似乎任何人都可以随意堆积文字和放纵声音。奇怪的是，即便是今天，也仍然不能淹没鲁迅和忽略鲁迅，有越来越多的人骂他、轻慢他，但也有更多的人推崇他。可见他实在是这个民族的强音之一。事实上他一直是我们这个民族的一个倔强的发音器官，一直在不停地言说。越是芜杂的泥沙俱下的时期，越是紊乱如麻的精神图景，越是需要鲁迅的声音。在误读甚至故意污脏的浊水急流中，鲁迅的声音倒也越发显出了其独特性。他的犀利、理性、仁慈、幽默、温暖，他的矛盾与犹豫悲观，他的深不见底的绝望与痛苦，都合在一起给我们这个时代以安慰和力量。鲁迅一生倾向弱者，却一直是远离卑怯者。在精神的表达、思想与立场的选择上，鲁迅不是那种非此即彼的人，不是要做某一枚硬币的反面，而是直接做另一枚硬币。他确实是他自己，是个人，而不是一个尾随者，再大的强势和集团都不尾随。所以说任何的尾随者、有尾随倾向者都不会理解鲁迅，并且还会对鲁迅感到或多或少的失望和遗憾。

鲁迅说过，做文学家要想出名和成功，其中的一个方法就是"结成一伙"。这是他对当年某些可怜的"作家"的嘲讽。其实"结成一伙"的念头是最能伤害一个人的文学品质的。当年鲁迅的"战友"后来也要跟他反目，主要原因正是鲁迅压根不想入伙。那些人终究看错了，他们不知道鲁迅从来就不是那种一起结伙干事的人。杰出的作家只可朴素认真地做好自己的工作，一生只追求真理，尽可能把小聪明扔到一边。小聪明有时可以获得利益，但终究还是不值什么，因为时间很快，一个人总要那么"聪明"会是很麻烦、很耽误时间的。人们常说一个人年纪大了就要用"减法"生活，这"减法"大概首先就是要减掉那些"聪明"带来的麻烦。

其实大多数时候并没有什么内外的区别，没有这么多的区别。更真实的情形是，只有好作家与坏作家的区别，只有优秀者和拙劣者的区别，只有游戏混世者与认真苛求者的区别。如果一个写作者身披一块破毯子走街串巷，那样似乎够"体制外"也够"底层"的了，但最后、最关键的，还是要写得好，不然抹再多的油彩也无济于事。可能一个写作者要自信，当一个认真的大劳动者,有信仰,其他都是不太重要的。

这个话题其实是个伪命题。比如体制内与体制外的标志是什么?是以工作环境论,还是以精神品质论?为什么不可以有超越性的真正独立者?鲁迅曾在国民政府教育部任职,他的思想与艺术却没有隶属哪个体制。鲁迅生在民国,民国的体制就选择了他。一个人可以在某个体制里,但他的思想可以比大地还辽阔,比海洋更无垠,比天空更高远,思想的地平线是任何体制的框框都限制不了的。相反有些所谓"体制外"者,也有可能满脑子体制思想。鲁迅攻击国民性,进行历史批判和文化批判,因为体制问题归根结底还是一个文化问题,体制选择来源于国民性,而文化造就了国民性,供养任何体制的终究是这片土地上的文化,它们血肉相连。

我在《也说李白与杜甫》这本书中不断地谈到鲁迅,因为我身在这个时代,忽然觉得李杜他们虽然远在唐朝,所遇到的问题、遇到的诸多不能自拔的大痛苦,与这个时代竟然极其相似,而鲁迅恰恰就曾经给予了最透彻的回答。鲁迅有一句名言,就是"最高的轻蔑是无言,而且连眼珠都不转过去"。这种独立与笃定从来都是最难的。

在人的各种欲望被悉数撩拨起来的今天,文学写作不得不向娱乐主义看齐。一个曾经是矜持自尊的作家,有时也要面临颇为尴尬的处境,一定要回答这个时代,要有所选择:究竟是做一个小丑引起火爆的围观,满足他人和世界的窥视癖,还是一如既往地专注于诗与思的追求,有自尊地活着?"这是一个问题!"——在21世纪、在网络时代所产生的这句著名的哈姆雷特式的追问,算不算是一声最大的讽喻?

讽喻也好,提醒也好,其实我们总是要回答。事实上今天鲜有一个作家不面临这样的追问。

我们怎么回答?我们可以不说出来,但心里仍然会有一个回答,有一个选择。也许有人会反感地追问:何必将二者对立起来?难道就不能将二者兼顾一体,既被火爆围观又不失自我尊严?这样当然好,这样最好不过了,可是谁又能做得到?谁已经做到了?冷酷的真实是世界上鲜有这样的例子,除非我们扭曲自己的良知,将小丑当成伟大的艺术家,将低俗下流当成伟大的艺术。可怕的是,当今的商业主义和物质主义浊水,的确已经浸泡出这样黑白颠倒的古怪认知,并且进而怀上了这样的时代怪胎,它们正在长成一个个力大无穷的妖怪。

我们也只好和这样的妖怪斗争,这同样也是别无选择的,不过这将是一场无头无尾且艰难异常的战争,胜负难料。还是鲁迅先生说得好:"战斗正未有穷期。"

传道授业,知识分子有这样的恒念和理想,这是书院得以长存的根本原因。社会需要有深度、有理想的教育，而一般的教育机构及教学设制不能完全满足这种需要。对于中国教育而言，无论是过去还是今天，书院教育都不仅仅是其他教育形式的某种补充，而是不可或缺的、极为重要的另一个方面、另一片天地。

看看中国的几大著名书院出了多少左右和影响中国历史的人物，这个问题也就清楚了。一些书院的主持人（山长），直接就是文化巨人，他们对于拨动一个时期的文化心弦，对于中华文化的传承，起到了功不可没的作用。可以说，没有书院的文化培育，就没有我们所知道的今天这样一幅中华文化版图。

万松浦开坛十一年了，基本上达到了原来的设想。当年觉得中国的大批量常规教育之外，还需要书院这样的个性化教育。面对少数人施行的特殊教育，在这个时代是有意义的。教育和其他事物一样，许多时候也有个多元并存的生态问题。

需要注意的是，书院不是搞一点建筑，花一点钱请人讲讲学、存一些书、取一个名字挂上一块牌子，更不是将过去废弃的书院从外形上恢复起来，这都不是书院。书院的三个要素（独立的院产、主持人、独有的理念）中，最重要的还是主持人。这个人必须稳定持久地与书院结成一体，有知识、学问、资格，更重要的还要有自己的学术理想与人文情怀，有自己的世界观。有了这样一个人,其他都好办。钱穆的新亚书院当年在香港困难极了,门面毫不堂皇,租了几间房子,学生躺在楼道上睡,照样对中国文化做出了极大贡献,培养出了一些重要的人物。

现在建书院的实在不少,其实几乎没有什么真正的书院。风雅一下取这样的名字,为这个雅兴花一点钱,这个太容易了。这反而是有害的。万松浦的院长如我也不合格,但我知道书院是什么。

书院的个性教育、深入偏僻角落的探索功能,顽强的人文坚守,应该对现代教育的批量生产和技术主义有所启迪。书院也应该有吸引一般大学师生的功能,二者交融起来,以便相互得益。特别是中国传统文化,书院应该重点研究、重点传播。

我不太适应嘈杂的人多的地方,很喜欢待在一个地方阅读。常常忙一些生活琐事,现在生活节奏快,琐事就越来越多,对我们大家来说这可能都不是什么好的状态。我也有许多时间在乡间或城市走动,没有办法,这是工作需要,也等于是另一种阅读了。

我不太知道微信上有我的文字,因为我没有微信。我对现代科技产品的使用总是慢半拍,比较喜欢用老办法去工作和学习。这使我的工作效率慢下来,但好像早已经习惯了这样。个人电脑，我倒是国内接触较早的，但直到现在写作也还是用笔和纸。电脑主要用来贮存文件。有的人忙着传递信息，有的人专注于思想和创造，这二者都是有意义的，但不是分工的不同，而是生命的特征不同、质地不同。

电子阅读有个习惯问题，但我总也不习惯。因为心要沉下来读，还是得在反射光下边；电脑荧屏之类是直射光。人在纸的面前更从容更舒服，起码我是这样感受的。我认为电子阅读用来浏览或找找资料是方便的，用来欣赏语言艺术就比较玄了一点，要慢慢思考什么也玄了一点。人年轻，眼睛好，一上年纪就不行了，还得回到纸上。人要老是很快的。

网络只是个发表园地，这没有什么特别的标准。文学作品只有一个标准，即要看语言的功力，看思想与艺术的含量。好的作品发表在哪里都是好的，反之也是同样的道理。网络传播渠道与纸质印刷品不同，但二者所承载的文学内容，却要接受相同的检验标准。网络上的文字，尤其是上面刊载的语言艺术作品，并不会获得什么特殊的豁免权。只有网络园地，没有"网络文学"；只有好的作家和不好的作家，而没有无法分辨和判断的什么奇怪的"网络作家"。"网络文学"和"网络作家"其实是个伪命题。

畅销书短期内有好的经济效益,但一般来说经不住时间的淘洗。经典作品很少有畅销书。真正意义上的纯文学(诗性写作)也不会有畅销书。畅销书的写作更多的是商业意义,而不是文学的意义。我偶尔也会出现一两本比较畅销的书,也上过畅销榜,但我并不重视这些,因为这与我写作的初衷和预期不符。

我用手写。手写慢,一进入就可以更从容地思考。电脑闪烁的光标不利于运思。手快于脑,这对于写作来说,不是什么好事情。文学写作不是比速度,而是追求内在的艺术与思想的含量。

纸质书越来越多,从印刷量上看就是如此,所以人们担心纸质书快没有了,是把问题看反了。目前我不仅没有看出什么消亡的可能性,反而看到了另外的现象,就是写作者狂热地追求纸质书的出版,并且每天都有成山成岭的纸质书运向市场。更主要的是,世界上越是发达国家,纸质书的销量就越是巨大。可见我们这个国家越是发达,就越是拥有一个可以对纸质书保持自信的未来。

我在海边生活到十几岁,那个时候就开始了文学阅读。后来到了山区。大自然是最好的老师,我认为是大自然教导了自己,让我迷于文学迷于诗。当然一开始,阅读也是重要的,模仿是重要的,但最后的坚持和远行,必然要有大自然的教育。

我不出门时主要是读书,而不是写作。写作需要谨慎,所以没有必要长时间写作。阅读的快乐是难以言喻的。我就是写作时,也不会停止阅读,这对我的日常心情很重要。读书是遥远的对话,而近前的生活中的对话一般来说是太多了,这并不利于身心健康。

文学类、思想类,还有人物传记,是我最喜欢的。绝妙的虚构和真实的记录,这两样是最好的。不真实、不绝妙,读了也就白费时间。时间太宝贵了,在阅读上浪费时间是最傻的事。经典的重要,主要的意义在于阅读它们最为节省时间,它们是精神和艺术的钻石,最划得来。

没有书,就像没有清新的空气一样,不敢大口呼吸,难以张开肺叶。

读书少就是没出息,而往往不是因为没时间。人哪一段读书少了,就会觉得自己没出息。一个民族和一个人都是一样的,看将来有没有出息,就看阅读能力和阅读习惯如何了。有人年轻时候比上了年纪更有出息,是因为那时候读书更多。

不知道什么是时尚元素。我真正关心的是自己认为有意义和有趣的东西。有人说"时尚"往往是浅薄的代名词,我也不知道这样说对不对。还有人说如果人的年纪大了,保守了一些也更懂事了一些,可能也就不那么专注于"时尚"了。这样的说法我也不知道对不对。这是需要请教年轻人的,要听听他们的看法。

用书引导下一代,这个想法太大了,我不太有。我写作不太过多考虑"儿童作品"如何,只是认真写。不能过分强调"儿童文学"的独立品格,因为它只是文学作品的另一种格调罢了。

一个在原野和大山中度过童年的人,必会对自然万物留下不可磨灭的印象。那是生命与生命的对话,是一次次深刻的生命交融。儿童时期一切都足够新鲜,世界还是新的,这个世界要在他的一生中慢慢变得陈旧。有些感受和最初的印迹是永远难以忘怀、永远难以褪色的。

比如说鱼。童年的鱼是多么神奇的一个存在。它是在水中游动的生命,是突然出现在视野中的、完全不被我们所理解的异样的生命。这种突兀闯入少年经验中的水族,它构成的刺激有时甚至是不可抵御的。谁的山野童年没有这样的记忆?

一片水,水潭,水洼,小河,沟渠,只要有水,皆有可能出现鱼的身影。可是它们为什么会出现在此地,又隐含了和传递了自然界的什么隐秘？我们如何与之接近？有时我们多想将它揽到手边，从而有一场更为切近的对话和交流，就像我们与猫和狗曾经进行过的那样。

可是这往往没有可能。

我们寻找鱼，获得鱼。关于鱼的一次次回忆，差不多构成了整个童年生活中最深邃的情感贮藏。

这部书(《寻找鱼王》)可以说写了真实的故事。因为它的大部分都写了自己童年的观察和体悟，甚至直接就是亲身经历。

当然一个人的故事是不完整的，还需要几个人、更多人的故事合在一起，相互补充，但它们都是真实发生的。失去了真实的支持，常常会是轻薄廉价的编造。也就在几年前，我还遇到了一个被当地人称为"鱼王"的老人，他的捉鱼本事大到了不可思议的地步。

我在少年时代曾经是一个"鱼迷"，见到水中的游鱼就不想走开，以至于魂牵梦萦般地想念和向往。我遇到了多少捉鱼的能手，听到了多少捕鱼的传奇。在大海边，在深山里，在长河边，各有着不同的鱼故事，而这些故事对我来说全不陌生。

我真想讲出一些好的鱼故事。我以前讲了不止一个，但这一次，我算是讲出了藏在心底深处的、从前并没有多少机会示人的传奇故事。

这部书写了我的童年,也写了许多人的童年。特别是大山里老渔人的故事,我想是尽可能地还原了他们的生活、他们的苦乐实情。

我生活在海边,少年时代关于鱼的记忆,有一部分与书(《寻找鱼王》)中写的完全不同。但是后来我到大山里生活了一段时间,这才有了书中所写的那些经历。现在的孩子则不同,他们在现代物质流通的便利中生活,早就习惯了看超市中的鱼、冰箱里的鱼。他们大概很难想象在交通隔绝的大山深处,常年不闻鱼腥的山民会怎样渴望一条鱼。鱼对于深山里的人,有时真的会成为很神秘的一种向往。

要吃鱼吗? 那简直是奢望。

要知道这奢望究竟是怎样生成的,那就从头看这个故事吧。

书(《寻找鱼王》)中写的一切事情,都是真实发生的。这其中的一部分甚至不是听来的,而是我的目击和亲为。

讲述者只想好好说出自己的故事,说出尽可能完整的故事,而不会过多地考虑什么"哲学"之类。这个故事只要真正完整,没有遗漏,应该有的一切元素,特别是思想元素,也就包蕴其中了。不同的读者有着不同的悟性,当然他们的理解力会相差很大的。

我不会忽略书中的每一个人物,他们有的善良有的凶狠,但像鱼一样,都是大自然的孕育之物,想拒绝其中的某一个也不行。他们和我们一块儿生存在这个世界上,我们也就不得不与之相处了。书中的那些可爱的人、可爱的动物,我们可以引为朋友或知己,但有一些则要远远地躲开。

书(《寻找鱼王》)中的这个男孩想找到一个"鱼王",但直到最后也不一定如愿以偿。因为不同的人对"鱼王"有不同的期许,不同的理解,不同的命名。到底这个孩子最后找到的是不是"鱼王",一万个读者或许会有一万个看法。这并没有什么不好,因为现成的答案有时是会骗人的。关于什么才是"鱼王",这需要每个人自己去好好琢磨。

什么才是真正的"鱼王"?我也在思考。

书(《寻找鱼王》)中的"老族长"像影子一样,无处不在,却又一次也没有把脸转向我们。他是生活中的一个巨大阴影,所以他才可怕。大山里如果没有"老族长",就像深山莽林中缺少了老虎一样,也很遗憾。老虎是受保护的动物,可是它处于食物链的顶端,它只要活着,就要吞食很多活的生命。

现代的孩子生活在网络时代,这个时代让孩子博学,也让孩子无知。比如关于大自然的真实感受、肌肤摩擦中才能产生的一些情愫,在这个时代是稀缺的。这是人类生存的大不幸。讲述真正具有原生性的大地故事,大概是必须要完成和领受的一个时代任务。

这本书(《寻找鱼王》)篇幅并不特别大,却是我的重要作品。在一篇文字中交付这么多切实的记忆和情感,对我来说并不容易。

一部所谓的少年书籍,如果成年人看了觉得肤浅无趣,那就不仅不算是好的"儿童文学",而且很可能根本上就不算什么"文学"。文学的固有魅力不会因为儿童的喜欢而消失,相反它只会因为儿童的喜欢而更加焕发出来。

2014 年 9 月—2015 年 3 月

(本文为采访辑录)

李白自天而降

此书的由来

郭沫若先生的书《李白与杜甫》是"文化大革命"后期出的。那个时候书很少，所以影响很大。再就是郭沫若先生的地位很高，所以他的作品必然会引起很大的反响。当时的社会气氛不适合广泛地讨论学术问题和艺术问题。这本书在后来二三十年里影响都很大，特别是学术界的争论很多。我在"文化大革命"后期也读过这本书，印象很深。这是一本才华横溢的书，非常有别于各个大学里面的学究、教授对李白和杜甫的分析。郭沫若老先生作为浪漫主义诗人，更容易进入李白和杜甫的内心。他的感悟力强，对人的触动大。今天再读，我觉得有一些话要说，这其中有一些意见和郭沫若先生是一致的,还有一些不一致的地方。很多问题在网络时代已经产生了新的因素,包括李白和杜甫自己,他们也遭遇了网络时代。这就产生了《也说李白与杜甫》这本书。

唐朝不远

　　李白和杜甫是唐代人。时间比我们想象的要快得多,有时候我们会觉得李白和杜甫离我们很远,但有时候会发现他们的思想状态,他们对文学的态度,特别是他们进入写作时,面对读者、社会、庙堂,和今天的读书人写作人是非常相似的。人性总是很接近的。所以我们也可以说时间很快,唐朝不远。在现在这个网络时代,他们对语言的苛刻,严谨的写作态度,沉醉于自己的作品当中,沉醉于中国的山河之美当中,对当下的写作都有很大的启发。他们和现在的差异很大,共同点也很多。在这个时候,我们更需要严苛地对待语言,特别需要有一点杜甫所说的"语不惊人死不休"的精神,所以我们在今天读李白和杜甫就非常有意义。

三个关系

古代的书中,作者和大自然的关系与今天是不一样的。我们不如古人和外国人。今天的写作者和读者更要解决好三个关系:第一是人和冥冥中某种决定力的关系,或许我们不必轻易使用"神"这个概念,因为我们不是基督教国家,但那种关系仍然还是存在的;第二是人和自我的关系,人的自我反省、自我批判力,即怎样面对自己,这是很重要的关系;最后一个是人和大自然的关系,大自然是我们生命活动最基本也是最大的背景,如果忽略了这个背景,只关注人和社会的关系,我们的世界就会比较渺小。李白和杜甫一生不停地在大自然中穿梭奔走,展现的是一个自然世界,连带产生一些形而上的思考。今天的写作者和读者应该更多地思考人和自然的关系。我刚刚说的这三个关系,现在是稍微忽略了一点,特别是人和自然的关系,从李白和杜甫身上会受到很大的启发。

知识人的独立

李白和杜甫一辈子追求做官，很重要的一条是要施展自己的抱负。当年的知识分子和今天不同，不是一个很独立的阶层，比如说他们不能以写作为生，也不能到大学里教书，他们好像读了书就是要做官，如此才能释放自己的生命力，才会有所作为，这是他们的要求。还有一部分因素是和今天的人相似的，就是对官场的向往，对权力的迷信，这些肯定还是有的。他们身上机会主义的东西还是有的，不能说做官都是像孔夫子那样，要施展自己的政治抱负。

李白和杜甫都热衷于做官。他们两个人有很多不同，但也有许多相同之处。他们两个都巴结权贵，都写了一些令自己觉得羞愧的文字。在那个时候，有的知识分子不觉得用文字去巴结权贵是耻辱，但是李白和杜甫，他们两个人在冷静下来的时候还是非常羞愧的，这在诗句和文章中都留下了大量的记录，总之感到不安、惭愧、反省的文字很多。真正引起知识人反省的还是宋代，宋代的知识分子强调独立、气节。出于对两个伟大诗人的景仰，我们对他们的原谅很多，批评稍微少了一些。我觉得这不是个人的问题，而是每个人面对李白和杜甫都应该具有的深刻反省，都要强调的个人的独立见解,对治理社会、安顿民众生活要有独立的见解。这才是知识分子的责任所在。有时候我们只能感受李白和杜甫的强烈光芒,在光芒之下,对他们的瑕疵缺乏认识力。我在书中,力图做一点真实的探究。

李白和杜甫没有非常清晰、具体的政治设计,但他们的政治抱负、良好的愿望比一般的官吏都要好,他们非常纯粹。我们说"自古文人多良吏",那是因为科举制度的择优选拔,文人要读很多的书,受到更多的文明的熏陶,文明对人性的约束力是很强的。有句俗语叫"百无一用是书生",其实"书生"才是做官的基础,书生的用处太大了。当然并不是说不是"书生"就做不好各种事情,但"书生"更有可能做好各种事情。

一方面他们知道得更多,另一方面好书也会遏制人性中不好的一面。所以我们强调阅读,离开了阅读的社会就不会是一个有希望的社会。

关于两个主义

从学术上讲,为了把问题说清楚,使用"现实主义"和"浪漫主义"的概念是可以理解的,这个没有问题。但是从作家的体验和实践的角度来看,又似乎没有什么"现实主义"。非常刻板地再现客观现实的文字,不可能是好的文学写作。只要是文学,它就是变形、夸张,就像飞机起飞的过程一样,先是贴紧地表滑行,到了一定速度还是要起飞的,要到高处。李白和杜甫的性格不同,但他们都是杰出诗人,从本质上讲都是浪漫主义的。他们只是性格不同。所以总体上去读他们的诗,杜甫最好的作品仍然是很浪漫的,稍微差一点的、文学含量低一些的,就是那些所谓的"现实主义"的作品。一个写作者对客观现实简单地再现,就像是飞机的滑行助跑阶段,当到了一定速度的时候,仍然会起飞的。所以从严格意义上来说,没有什么"现实主义",而只有"浪漫主义",不浪漫不会是杰出的作家,不会是诗人。

比如说巴尔扎克,一直被说成"批判现实主义"的代表作家,但他的作品是何等的夸张、浪漫,他的作品是高度浪漫的。不能因为他写的是竞争社会、利益社会,像一部百科全书,那就一定是"现实主义"的。那不过是像飞机起飞前一定要先滑行一样,只是一个开始。他的艺术思维,激烈的想象,思想各个方面的运动达到一定速度的时候,一定会腾空而起。这就意味着浪漫、想象、幻想,它已经离开了地面。而杜甫作为诗人,他的性格和李白相比就显得规矩一点,稍微保守一点、老实一点,于是就被很多研究者定义为"现实主义"的代表。其实每个人的性格和生命色彩都不一样,不能因为性格不同、色彩不同,就把他的艺术品质给扭曲了。书中有一句话:李白是从天空直接降临,杜甫是自地面向上攀登——攀登到个人的浪漫、幻想、夸张的艺术高度。

艺术家的性格、风格、观感可以是不同的，但是从艺术本质来说，他们都是浪漫的。

个人的角落

李白和杜甫只能产生在唐代，只有唐代才会有李白和杜甫。现在如果说还有大诗人，他们也不会是李白和杜甫式的。我们这个时代有一些不可逾越的障碍，对创作的障碍。当然也不完全是负面的，也有好的方面。网络时代是一把双刃剑，两面都割，不能简单化地贬损网络时代，说得一无是处。但有一点是肯定的，它对创作造成的一些伤害是不可逆转的。比如说人和自然的关系，比如说一个读者、一个写作者，再也找不到一种孤独的个人的角落。空气里面都堆积了各种各样的信息，不出门也要被包围，很难安静下来。文学写作离开这种孤独、寂寞、独自徘徊、危机感，甚至是非常尴尬苦涩的个人环境，不可能出现卓异的、与众不同的思维。一个当代的读者也好，作者也好，他可以热闹，这个没有问题；他可以和喧嚣搅在一起，却不应该是常态，如果成为常态还可以写出杰作，那就奇怪了。

一个作者要和一个"遥远的我"对话，最终有一个读者，那就是他自己；但是那个"自己"是一个"遥远的我"，"高处的我"，要那个遥远和高处的"我"满意、满足，就是他个人写作的最大光荣，有时候是这样的。

时代的文学

每个时代都有自己的文学，自己的作家。这个作家正因为处于这个时代，才有可能回答和这个时代有关的各种问题。对一个好的作家来讲，不应该怨天尤人，说黄金时代一去不复返了，如此倒霉，处在这样的一个网络时代。任何一个作家，他所处的时代就是他个人的"黄金时代"，他的黄金时代就在当下、在眼前，因为他无法选择。

当然有很大不同了。不要和李白、杜甫比，就是和19世纪前后的作家比，单讲文学写作来说，他们书的内容、节奏，个人表述包括面对读者的姿态都大为不同。这不是刻意追求的，而是时代所塑造的。现在的作家不可能像19世纪的作家那么缓慢地叙事，不能那么宽容自己的文字，而是对自己的文字更为苛刻。用那么多的文字表达常常是有问题的，因为使用那么多的文字就需要更多的理由。所以要尽可能地压缩自己的文字，不可以过分地放纵自己的文字。

《你在高原》写了五百一十万字，出版时压缩了六十万字，变成四百五十万字。写了二十二年。像这么长的一部小说，和刚刚说到的写作原则——尽可能苛刻地对待自己的文字，不要过分放纵自己，这种原则要求并不矛盾。我苛刻文字的结果，是发现自己需要这么长的一部小说。我已经写了四十多年，其中用了二十多年写《你在高原》。我有那么多话需要倾诉，有那么多的文字需要表达，但并不觉得这是对文字的放纵。这里要完成的内容就需要四百五十万字，这里同样需要非常苛刻。像这十本书，原以为不可能有读者全都读完，所以每一本都有一个相对独立的单元，可以分开读。当然从头看起要好得多。我没有想到的是把这四百五十万字从头通读的人那么多，还有人做了十几万字的读书笔记。读者太多，国家太大，各种可能性都有，作者找到一种读者，为他写作就很欣慰了。所以一个写作者要为更高更远的那个"我"去工作，但也极有可能遇到一个大读者，他在一个角落里等待着，这就是精神的相通。

文化的层次

文学是文化传承中、结构中的核心部分。中国的传统文化，有很多通过经典作品得到了保存和延续，得到了普及，变得深入人心。为什么要分层次？因为文化不能搞成平面化,它是有纵深的、是立体的。文化当中有一些晦涩的部分,有一些很高深的部分,必须要有一小部分人,比如说书斋里的人、大学里的人、寂寞的学者,由他们来保留和维护。有一部分是需要一些个人做出独有的解析,权利在他们那里。另有一些人做下一层的工作,比如说推广和普及。无论是真理、艺术、思想,都有很深很高的部分,都处于一个幽深的层面。如果说把这些不同的东西搅在一起,弄得似是而非,让每个人都可以懂,就可能变得浅薄,真正深刻的思想一定传承不下来。网络时代很容易就把文化应该存在的层次给抹平了,因为大众传媒一定是放大通俗的声音。现在最需要做的一个良性的工作,有意义的工作,不是这样的。要回到高层和深层去挖掘和固守,把一个民族文化的层次给予充分的保留和展示。现在这个时代是一个娱乐的时代,商业的时代,物质的时代,很容易把文化搞得浅表化。

2014 年 8 月 16 日

（本文为新浪网于上海书展的访谈实录）

二辑 描花的日子(上篇)

这里记下的是四十多年前的小事，它们到现在还历历在目。虽然是"小事"，但现在回头去看，有时还会吓出一身冷汗。

——题记

爱小虫

那时候我们不觉得小虫子之类是坏东西,它们当中的一多半都是有趣和可爱的。如果长了吓人的模样,那么和它玩一会儿就不再害怕了。大人往往讨厌它们,一见就驱赶拍打,有时还要喷洒农药。大人想的是自己的事。

我们这些人长大了也会像他们一样吗?或许是的,因为到后来我们果然不太喜欢它们了。不过等我们长得更大了时,又有些喜欢它们了,却一直没有像小时候那样喜欢。

谁比我们当年见过的昆虫更多?这大概只有昆虫学家了。我现在不能一口气把它们全说一遍,因为那实在是太多太烦琐了,如果只说说其中的几十分之一,也要记下整整一大本。

在海边林子和野地里活动,谁也无法避开它们。它们在灌木和草叶间忙碌,筑窝,吃东西,嬉戏,过得很快活。有的会唱歌,比如蝈蝈和蛐蛐;有的漂亮得令人惊叹,比如蝴蝶;还有无比危险的家伙，那是毒蜂和蜘蛛之类，人人都要小心地避开——不过就连它们也给人特别的乐趣，使大家历险之后还能绘声绘色地对人描述一番。

有一种后背上闪着金属光亮的、长得极其精致的硬壳虫，可能就是书上说的"金龟子"的一种，有一段时间真是把我们迷住了。背上有亮光的昆虫倒是很多，它们有大有小，各种各样，有金色、绿色、红色，还有黑色和蓝色的，简直数不过来。但这里说的是一种"极品"，因为太稀罕而格外宝贵——相信其他地方一定没有。

它们大多数时间闪着钢蓝色，如果被阳光从特别的角度照射，却又能变幻出无数的颜色，就像彩虹一样。它们一般比黄豆大一点、比花生米小一点，我们叫它"钢虫"——不仅初一看颜色像钢铁，而且整个就像金属铸成的。

"钢虫"是我们采蘑菇时发现的。那时它们伏在草梗上一动不动，伸手推触一下，才会慢吞吞地移动几毫米。它在阳光下闪烁出七彩荧光，就像随时都要燃烧起来，让我们连连惊叹。

这世间凡是最好的东西总是少而又少的。我们即便专门在林间草地上找多半天，也只会收获一两只"钢虫"。这愈发使我们感到它的宝贵了。我们捉到它们就小心地收在小玻璃瓶里，不时地迎着阳光看一会儿，大呼小叫一番，然后装在贴身口袋里。

我们当中有个叫"黑汉腿"的同学特别能捉"钢虫"，最多的时候曾经拥有过十一只。他用两只"钢虫"换来同学的一把卷笔刀、一块带香味的橡皮，想一想真是一桩不错的买卖。

"黑汉腿"个子最高，胆子最大，几乎没有不敢干的事情。海边林子里的古怪东西多了，他这人什么都不怕。平时家里大人总是叮嘱自己的孩子：别跟那个"黑汉腿"混。一些耸人听闻的坏事经常与他的恶名连在一起，其实多大半来自道听途说，只要和他在一起的时间长了，都会多少喜欢这家伙的。

有一次我们在海里游泳，一个人被海里的毒鱼蜇了，痛得呼天号地，紧急关头，"黑汉腿"驮上他就跑。园艺场诊所的医生说再晚一点那人就没命了。这家伙的两条腿又粗又黑，皮厚，跑起来荆棘扎都不怕。他力气大、义气，一年里也干不了多少坏事，像偷园艺场的苹果、欺负小同学之类，不过是偶尔才做几次。

他敢逮一些稀奇古怪的昆虫，连有名的大毒蜘蛛都敢去碰。像有一种叫"老牛背"的黑黄花纹相间的大毒蜂，传说是最毒的东西了，他竟然手一伸就把它捏住了。还有一次他捉到了一只很大的甲虫：长约十五厘米，神气无比，两只长角扬着，就像戏台上武生的两根雉鸡翎子；额头上长了月牙刀，黑色硬翅满是白点。"黑汉腿"夸张地给它的脖子上拴了一根织网用的尼龙丝，像牵狗一样牵着它走上街头，引得许多人围上看。

村里人说，这种大甲虫的名字叫"水雾牛"，只有罕见的大雾天里才会从阴暗角落爬出来，能发出"哞哞"的叫声，像老牛的声音。"半夜里我听到叫声了,赶紧披上衣服出门,这才逮住了它。当时它一脚把我踢翻了,我揪住它的翎子才爬起来,又骑上它的背……"都知道"黑汉腿"在骗人,不过却没有谁反驳他,因为这种夸张的说法听起来真带劲。

"黑汉腿"擅长对付任何东西。比如逮蚂蚱——这听上去是极平常的事,可实际做起来远没有那么简单,因为这里不是说逮一般的蚂蚱,而是要找其中的"宝贝"。真正的宝贝是"大王蓝",它的个头是一般蚂蚱的三四倍,强壮有力,两条腿上长了锐利的尖刺。它一纵就是十米,一展翅就是二十米,要逮住它可不容易。传说村里有个汉子脾气倔强,发誓要逮住一只,结果从村西头开始跟定,一直追到十里外的西河岸,累得一口气没上来,差点死在河堤上。这种蚂蚱是从几千里外的关东山迁移过来的,据说胸脯上写了一个"王"字。

我们都想拥有一只"大王蓝",不知白费了多少力气:不是半路被它甩掉了,就是逮时被它的两条刺腿扎得双手流血,谁也没有成功。最后还是"黑汉腿"拥有了一只,他见了我们,就让它驯顺地仰躺在掌心里,露出肚腹让大家看个仔细。我们都想从它胸部复杂的纹路上找出一个"王"字,可惜怎么也找不到。

这儿有世界上最大的蝴蝶,一到春天,说不定什么时候就有一只浅绿色的、像碗口那么大的蝴蝶飞过来。大家一见它就不顾一切,欢呼着往前追——它总是不急不慢地飞着,渐渐飘到树梢那么高，让人干着急没有一点办法。

"黑汉腿"做了一个高竿捕网，总算捕到了一只。这么好的大蝴蝶，一下近在眼前了，属于我们了，却不知用什么喂它——不知道它吃什么喝什么，养了一两天只得放走。

大蝴蝶最爱往苹果园里飞，所以我们叫它"苹果蝶"。

还有一种比"苹果蝶"小一些、长了黑色花纹的蝴蝶。我们逮到了一只，端量一番之后大吃了一惊：它的花纹和狸猫脸上的纹路一模一样，简直没有一点差错。我们就叫它"猫脸蝶"。

"苹果蝶"和"猫脸蝶"是整个海边上最大最漂亮的蝴蝶了，谁看到它们都会兴奋得又跳又叫。

这么漂亮动人的好东西是哪儿来的？说出来没人信：它们有一段时间是藏在沙子里的，原来就是一种蛹，紫红色，傻乎乎，很老实，第一眼看去还以为是一枚大枣呢。可就是它，转眼一变就会高高地飞在天上，这有多么奇怪、多么了不起啊！

螳螂是一种武士，长了两把长刀，一看就知道要随时擒拿敌人。可我们从来没见过它们格斗。螳螂有大有小，有不同的颜色：有的碧绿，有的紫红，有的灰白，有的深棕。最大的螳螂有绿色的肥肚、紫色的翅膀。家里人说："捉个大紫螳螂吧，放进蚊帐里，它会整晚为你逮蚊子。"我们真的捉了放在蚊帐里，可谁也没见它逮过一只蚊子。

沙地上有些漏斗状的小坑，蹑手蹑脚走到跟前，然后蹲下，用小拇指甲一点一点挑出沙子……挑啊挑啊,渐渐就出现了一只长了小钳子的白色肉虫——它一露面就扬着小小的武器,可是谁也不伤害,肥肥的憨憨的,很好玩。

我们查过书,这才知道它叫"蚁狮",就是逮蚂蚁的"狮子"——身体比蚕豆还小的"狮子"。原来它旋出的一个个沙漏斗,就专等着蚂蚁掉进去,那时它就会紧紧地钳住猎物。

关于它们,更惊人的故事还在后边,说出来谁都不会相信:"蚁狮"待在沙子里吃蚂蚁,一直吃到肥肥胖胖,等长大了的一天,瞅准一个春天摇身一变,就变成一只绿色的蜻蜓,飞到天上去。

这真是太神奇了。原来它藏在沙子里,默默地为将来的某一天起飞做准备。这真是一种志大无比的小虫啊,它的耐性大得可怕。不过对于蚂蚁来说,它也太阴险了。

初中二年级的时候,我们班来了一个转校生,是个小姑娘,叫肖聪。因为她长得非常好看,大多数男同学都不太和她说话。有一天课间操,"黑汉腿"瞥她一眼,然后慢慢走近了,把装了"钢虫"的玻璃瓶掏出来,迎着阳光看了一会儿,突然大声嚷道:

"我爱小虫(肖聪)!"

看样子不是坏人

上初中前,我的手总是莫名其妙地发痒。两只手因为痒得闲不住,总想干点什么。我在擦得干干净净的玻璃窗前看了一会儿,就拿起一根小擀面杖,轻轻一挥就砸碎了窗子。

母亲回家看了感到很惊讶,问我这是怎么回事,我说是自己砸的。"为什么要砸?"我也说不上来,因为我真的不知道。我只是用力搓着两手,不知该不该说出它总是发痒的事情。

母亲实在没有办法,也无法理解,只好把我训斥了一顿。

有了那一次的经验,我后来就不想那么坦诚了。比如有一天我看着父亲种的葱绿的蒜苗,就忍不住走进了整齐的田垄。我先是低头看了一会儿,然后两手忍不住就想干点什么——我随手拔掉了几棵蒜苗扔在垄上。

父亲种植了这些宝贝让全家都很高兴。他闲下来就为菜畦松土除草,脸上是极满足的样子。这天他回到家,一眼看到被拔掉的蒜苗,先是一愣,接着就叫起来。

我被喊过去。"这是不是你干的?"我咬着嘴唇,没有承认也没有否认。可是父亲让我脱下了鞋子,然后将它们一丝不差地放在了田垄的脚印上面。

"你为什么要这样干? 为什么?!"父亲愤怒至极。我回答不出,因为我那会儿真的不知道为什么。

父亲问不出,就教训了我一顿。他的手很重。我哭了,有泪无声。我心里十分委屈,因为我真的不想干任何坏事。

我的泪水干了。父亲抱歉地搓着手,这手刚刚揍过我。他把手背到身后,大概他不好意思了。

不过事情并没有这样算完。接下的一段时间里,父亲一会儿看看田垄里被拔掉的宝贝,一会儿又扭头看看我。

父亲端详着我,在一边踱了几步,认真地打量,皱皱眉头,又绕着我转了半圈。最后他盯着我的脸站住了,吮着嘴,咕哝说:"怪了,看你长的模样,也不像个坏人哪!"

从头演练

　　当年最激动人心的事就是看电影了。放电影的人带了一整套家伙,在野外场院上挂起雪白的幕布,架起一台放映机,好事就该开始了。

　　那是真正的节日。"演电影的要来了!"这样一句传言最能令人不安了,我们只要听到这样的话,就再也无心上学、无心干任何事,只眼巴巴瞅着场院,盼着那里挂起白色的幕布。

　　我们旁边的林场和园艺场、五七干校,都有一个很大的场院,是演电影最多的地方。我们有时被一个谣言骗得东跑西颠,浑身是汗,结果白白忙活了大半夜,什么也看不到。

　　看的次数最多的电影是《地道战》,并认为这是世界上最迷人的故事。一群人头扎白毛巾,钻在地洞里,神出鬼没地跟敌人战斗,直到最后的胜利。那些场面太熟悉了,太棒了。

　　放映队从五七干校转到园艺场,再去附近的村子,我们一直紧跟不舍。不记得看过了多少场,最后连电影上的每一个情节、每一句对白都背得上来,而且绝没有一丝差错。

后来大家想出了一个办法:从头把《地道战》演一遍。这个主意真好,所有人无不赞成,全都喊着要参加。

我们一伙跑到林子深处,在大白杨树间找了一块空地,然后就开始了演练。"黑汉腿"主动扮演了鬼子大队长,他的好朋友当了汉奸司令,竖着大拇指夸他,重复电影里的那句话:"高,高,实在是高!"

大家头上捆了白毛巾,肩背木头枪,就成了民兵。有短枪的是武工队长,腰上扎了树根、走路弓腰的是老村长。最激烈的就是老村长与鬼子大队长的那场斗争了,我们的排演也是最认真、最投入的。

演老村长的是我们当中最胖的一个家伙,外号叫"山抬炮"。他的大圆脸配上白毛巾,怎么看都像电影中的那个人。

鬼子进村了。老村长夜间出来巡查,躲在大树后面,发现了敌人,立刻飞跑起来。他要跑到村里的那棵大槐树下敲钟,通知全村的人。

电影中本来是伴有音乐的,老村长要在急促的音乐中奔跑。可是这对我们来说一点都不难:有一个嗓门尖亮的家伙可以从头到尾给电影配乐,而且调门一丝都不会差。

老村长在音乐声中跑啊跑啊,"黑汉腿"一伙就在后边紧追。这个场面太精彩也太紧张了,无论是"黑汉腿"还是"山抬炮",都不愿轻易停下来,结果跑的时间比电影里要多出一两倍。事实上这段表演也是最成功的。

音乐总算停下来,老村长跑到了大槐树下。他快速解下钟绳,一下一下敲钟。"黑汉腿"扬起手电照着敲钟人,说出了那句经典台词:"嗖嘎——"

"山抬炮"突然扔掉钟绳,猛地从怀中掏出一颗手榴弹。这是一个高举手榴弹的英雄形象,"山抬炮"演得毫不含糊。"黑汉腿"一伙有的趴下,有的抱头鼠窜。

一旁配乐的人发出了震耳欲聋的爆炸声,然后又急急地奏响动人的音乐。

战斗进入了最艰难的阶段。女民兵队长领人学习毛主席的《论持久战》,这之后才开始胜利——电影上立刻响起了女声独唱:"主席的话儿记呀心上……"这歌唱得太好了,当然同样来自那个配乐人。他的嗓子又甜又软,比女人还要女人,谁能想到刚刚这嗓子还发出过"当当"的敲钟声、隆隆的爆炸声。

我们从头演了几遍《地道战》,一直藏在林子深处。后来都觉得这样的演出很值得炫耀一下,就来到了林场和村子里。

人们围着我们看。这种感觉令人难忘。

最初人们免不了要发出几声嬉笑,但后来就严肃了。每一次"山抬炮"在音乐声中奔跑时,都会迎来一阵阵喝彩声。

我在演出中背了一把木头驳壳枪,是武工队长。

痛打花地主

当年的两件大事是最能吸引人、最让人不能忘记的，一是追着串乡的放映队看电影，二是去听忆苦会。前一件事让人高兴，后一件事让人难过。

忆苦会在村子里、林场园艺场、五七干校和我们学校召开，每年要开几次，轮换进行。一听说要开忆苦会，大家都奔走相告，传递着不同的消息：这次来忆苦的是个老太太，两眼看不见，那是被地主害瞎的；她已经在全县做过一百场了，是顶有名的人。另有人说：将要来的是一个年纪不大的姑娘，她是代表父母、舅舅和舅母来忆苦的，她的所有亲人全被万恶的旧社会欺负死了，她这会儿要亲口讲给大家听听。还有人说要来忆苦的是个独身男人，他被地主打断了三根肋骨，这回要从头详细讲一遍……

各种传说让我们激动不安，吃饭都不想坐在桌前，惹得家里人大声呵斥："好生吃饭，听会有劲儿。"

听忆苦会和看电影不同,那真的是很累的。因为听一会儿就要站起来呼口号,一个人喊大家随上,或轮番喊,直到把另一拨人的喊声压下去。

除了喊口号,还要不停地哭。泪水哗哗流下来,不知从哪儿来那么多泪水。台上忆苦的人说啊说啊,我们就哭啊哭啊,最后哭得连口号都不能呼了——我们嗓子哑了,呼不出了。

一场忆苦会下来,大家总是红着眼睛、哑着嗓子往家走。家里人痛惜孩子,就抱怨忆苦的人,说:也忒能讲了,这样非把孩子哭病了不可。

其实家里人最该埋怨的应该是学校的老师。因为每一次忆苦之后,老师都要在班上表扬那些最能呼口号和最能哭的学生:"喊得多响啊……直到嗓子喊不出声了,还举着拳头!""看看哭得吧,胸脯都湿了,成了小泪人儿!"

台上忆苦的人大半都是我们熟悉的,因为他们已经在四周做过许多次了,凡是最激动人心的地方我们都知道。比如他(她)讲着讲着把头低下,有两三分钟一声不吭,我们就等着下边了——他(她)猛一抬头就要喊:"好孩儿啊,快拿刀给我啊!快拿绳儿给我啊!我不活了……"

有时候他(她)低头时间太长,满场静得让人难受,我们就替他(她)呼喊起来:"快拿刀给我啊!快拿绳儿给我啊……"结果事后遭到老师一顿痛斥。

就像看电影一样,我们也会追着忆苦人转上几场。没有经历那样的场面,就永远也不明白"眼泪都哭干了"是什么意思。眼泪有时真的能哭干,喝多少水都不行。

我们因为有经验,每次去忆苦会前都要喝上两大碗凉水。外祖母心疼我,总是让我多喝水。所以在忆苦会上,我到快散场时还能哭出来。

但在一般的忆苦会上可以,如果遇到"二九"他爹就全完了!"二九"他爹是很晚才出现的一个人,因为平时沉默寡言,所以当地人都把他轻视了。明明知道他在旧社会受苦最多,但就是没人找他。

谁知道有一天他拍拍膝盖说:"俺也能忆!"就这样试着忆了一场,差点把场上的几个老太太哭昏过去。这一下他就出了名,结果周围的村子和单位全来请他了。

"二九"他爹忆苦与所有人都不一样,不是一上来就哭丧着脸,而是笑嘻嘻的。他坐在桌前东看西看,还从兜里掏出炒豆子嚼几口,喝一碗开水,然后像拉家常一样不紧不慢说起来。

他细声慢语地讲,谁也想不到后面会有那么多苦。他不喊也不叫,实在忍不住就站起来,在台上溜达,伸手点画空中说:"你个挨千刀的啊! 你个天杀的啊!"

从整个忆苦会的前三分之一处开始,全场里就只是哭了,哭得忘了呼口号。大家事后说:"谁这辈子想比'二九'他爹受的苦多,门儿都没有!"

我们听了一场又一场忆苦会,也想过从头模仿,到林子里办一场,并且渴望着像演练电影那样成功。

任何事情不经过实践是不行的,所以越来越佩服老师上哲学课讲的话:"真知来自实践!什么都得实践,没有实践全都得糟!"我们轮番上去试了试,尽可能学得像:怎么低头抽泣,怎么喊叫,还像"二九"他爹那样用手点画天空……全都没用,下边的人不光不哭,还嘻嘻笑。这事算是彻底失败了。

不过我们都不甘心。后来大家想出一个办法,就是一定要把心里积下的这些苦和恨发泄出来。听了那么多忆苦会,没有仇恨是不可能的。我们大家都觉得自己仇恨很大。

我们真想把地主痛打一顿。但是地主很少,而且在四周村子里,他们统归民兵看管。实在没有办法,我们就公推最胖的"山抬炮"装一下地主。

"山抬炮"被推到了台上,让我们揪耳朵捏鼻子。最后我们真的气愤起来,就开始狠狠地捧他。他哭了。

为了让"山抬炮"能当个听话的地主,有人从家里偷出一件棉大衣,翻过来给他穿上。大衣里子是花布的,"山抬炮"立刻变成了一个"花地主"。

他哭丧着脸,穿着厚厚的花布大衣,让人越看越恨。有人忍不住,折一根树条就狠狠抽打起来。由于有厚厚的棉衣包裹着,

"山抬炮"一点都不疼。

我们轮番抽打，骂。他装出很疼的模样，跳着求饶。

"坚决不饶！就是不饶！"

"你这个挨千刀的！你这个天杀的！"

正打得起劲，突然有人上前护住了"山抬炮"，伸长两只胳膊拦住大家喊："俺的大衣破了！"

宝书

　　我暗暗做过一件事，从没跟人讲起，却永远难忘。这件事对我来说是非常重要的。

　　事情的来龙去脉是这样的：学校传来一个消息，说不久以后要发生一件大事——全校师生拉着队伍去公社开大会，然后接回一尊"伟人像"。

　　谁也无法想象那是怎样的场面、怎样的情形。只是激动，相互见了面紧紧盯一眼，好像在问：知道了吗？就快了，就快了！可不是一般的高兴和焦急，而是睡梦里都盼着。

　　一个星期之后，全校师生终于敲锣打鼓出发了。队伍前边有人打旗，还有踩高跷的——这是从外村雇来的老人，我们附近可没有这样的人。他们这些老人是从旧社会学来的本事，能踩在高高的木棍上走路、扭动和唱歌，这得多大的本事啊。

　　公社的大会场上布置得隆重极了，到处红旗招展，歌声震天。

136

最主要的是会场四周:墙头、屋顶,到处都有架枪的民兵;最让人吃惊的是,有一种带大圆盘的"转盘机枪",这会儿也架起来了。

都知道民兵在保卫大会。想想看,这个大会该有多么重要。

台上有一溜长桌,摆了一个又一个用红布蒙起的东西。大喇叭震得人耳朵嗡嗡响。会议开始了,有人讲话,然后是呼口号,一支又一支队伍正步走到台前。每支队伍领头的都穿了黄军装,他走向红布,立定,打一个敬礼,然后再向领导打一个敬礼。

每一支队伍都领到了蒙红布的东西,他们小心到不能再小心,一丝丝地将其移到一架地排车上。拉地排车的牲口头上戴了一朵大红花,有人紧紧揪住缰绳。

从那一刻起,大家的一颗心提到了嗓子眼。谁都明白红布下面盖住的就是"伟人像"。我们这一次行动,所有的幸福和激动,还有墙头、屋顶上伏着的民兵,都是为了能够顺利地接回这个塑像。

队伍跟在地排车后边载歌载舞,一边呼口号一边往回走。一开始只有我们班主任哭,后来女同学也哭了。我们几个男同学哭不出来,心里十分不安。

"伟人像"拉回学校,由校长揭了红布:啊,白的,真白啊。

就在迎回塑像不久,又发生了一件大事:发放宝书。宝书不是每人一本,而是每家一本,由村子或某个部门发放。

所有人家都有了一本宝书,而我们家没有。母亲不说什么,外祖母也不说。父亲阴着脸。后来我才知道:父亲以前犯过大错,所以我们家得不到宝书。

我永远也忘不了那种屈辱感。我害怕了。我们全家都害怕了。

但是在同学们中间,我拒不承认家里没有领到宝书,而是装出一副得到宝书的高兴样子:我高兴得合不上嘴!

但是得到宝书的人可不光是高兴。我渐渐发现了这一点——所有获得宝书的人都变了。他们更多地待在家里,再也不像过去那样乱跑了,也不会动不动就咧嘴大笑。过去他们一有时间就到林子里采蘑菇,到大街上吵吵嚷嚷。现在大家十分兴奋,只是将兴奋压在了心底。

发下宝书的第二个星期,老师在班上布置作业:背诵宝书。

我听了头一蒙。因为这样一来我很快就得露馅,大家必然就会知道我们家没有宝书。

这一夜我失眠了。我没有跟家里人说出这天大的苦恼。黎明时分,我总算想出了一个计策。

天一亮,我就找到了一个最要好的同学,提出和他一起背诵宝书。对方很惊讶,问为什么? 我回答:"我们家里人也要用宝书啊,还轮不到我呢!"

朋友将宝书塞到篮子里,又在上面盖了一层纸、一层白杨叶。我们一起往林子深处走去。

一路上我最想做的一件事，就是赶快看看宝书的模样。但我装出不急的样子。

我们找个空地坐下来。朋友搓搓手，又在裤子上擦一擦，然后将手插进篮子的白杨叶里，说了声"唉"，就把宝书掏出来，又一下抱在怀里。

那一刻我看到了飞快一闪的金光。我搓搓眼，发现原来是薄薄的一本小书：白色封面，上面有长条形的一块红颜色，上面是书名，书名旁边又是小花一样的、更小的几个字……朋友抚摸着它说："'老三篇'啊……我快背过第一篇了。"

我把宝书取到手里，费了好大劲儿才没有让它掉到地上。四周一点声音都没有，连最能吵闹的小鸟都一声不吭了。

我和朋友一起背诵宝书了。我们开口的那一刻，林子里的动物才叽喳起来。它们在用自己的语言背诵，一定是这样。

离开林子时，朋友把宝书收走了。可是那些词句却永远不会从我的脑海里走开，我一遍又一遍默诵，然后就是小声咕哝。我吃饭背，睡觉也背。父亲母亲，还有外祖母，他们都慌了，以为我害了什么大病。这种事跟他们无法解释。

整整花了一个星期，我将宝书全文背诵下来了。这个星期只要有一点闲空儿，我都要和朋友坐到林中空地上。

全班背诵宝书比赛，我背得流畅极了，一个字都没有错。老师在班上说："我们就该背得好！你们知道吗？南边一个村子有

139

个老太婆八十岁了，没有牙了，还背得一个字都不差哩！"

大家嘴里发出"啧啧"声。

也就在比赛后不久，有人说公社代销店里摆放了宝书！我被这消息激动得满脸通红，长时间听不清任何人说话，心突突跳。

第二天我就到公社代销店里去了，提了一只篮子，篮子里装了白杨叶子。我一头扎进去，一眼就看到架子上摆了一溜宝书。我大喊一声："买……"售货员是个长了络腮胡子的人，他的手正往架子上伸，一听我喊立刻缩了回去，沉着脸说："要说'请一本'！"

"我，'请一本'……"

回到家里天都黑了。我一点都不饿。蚊子嗡嗡叫，我放下有了破洞的蚊帐，点起小油灯。我抚摸了一会儿宝书，又用一块手绢盖上。吹熄了小油灯之后，只要一闭眼，手绢里就会闪出一道金光。我闭紧眼睛，金光还是刺得人睡不着。

这样到了下半夜，总也无法入睡。最后我蹑手蹑脚下了炕，找到了一个陶盆，将陶盆扣在了手绢上。

捉狐狸

狐狸在哪儿？大家会说一定是在林子里。这是不会错的，它们主要是在那里，因为喜欢树。动物比人更热爱大自然，这是我们都知道的，所以我有一次曾经在作文中写道："我们要像动物那样热爱大自然。"结果让语文老师狠狠批评了一顿。我至今都不明白自己错在哪里。

但是狐狸也愿意在村子里溜达，到老乡家里串串门什么的。它们原来也是喜欢热闹的。不过村里人、林场和园艺场的人，全都讨厌狐狸，说这些东西品质很坏，只要来了就干坏事。

它们能干什么坏事？我和同学们都很好奇。按照林场老人的说法，狐狸这种动物实在是太招人恨了，它们其实应该算是人类最危险的敌人。我们听了就问：狐狸和地主，究竟哪个危害更大？老人们被我们问住了，想了很长时间才恨恨地说："一样坏！"

据他们说狐狸最可怕的是伪装自己：变成美丽的姑娘去迷惑

年轻人，或者变成别的什么东西，反正只要是能祸害人的方法，它们都愿试一试。这样讲得多了，大家也就真的害怕起来。我们平时走在街上、林子里，只要见了不认识的、特别好看的姑娘，总要在心头闪过两个字："狐狸"。

我们班主任就是个漂亮姑娘，她是从师范学校毕业的，接替了前一个年纪大些的女老师。她站在讲台上，让人觉得很像狐狸。当然这是一种错觉。

我的同学"黑汉腿"近期总是上课迟到，被老师一连批评过几次。他每次进教室都很疲倦，好像一夜没睡似的。有一天他又来晚了，打着哈欠进门，被老师罚站了。

课间休息时，"黑汉腿"小声对我抱怨说：一个狐狸缠上了婶妈，叔叔要和狐狸斗，自己一直在帮叔叔，所以夜里睡觉很少。我听了大吃一惊："还有这事？说说看！"

原来他婶妈被狐狸附身了，总是胡说八道，要治好她的病，就得把狐狸捉住或赶跑。具体办法就是从婶妈身上找到一个跳动的"气泡"，那是狐狸附身的表现，只要冷不防用针扎住了气泡，那狐狸也就求饶了。

"我夜里给叔叔擎灯，他拿着针找……"

我惊得合不拢嘴。头一回听说这事，但又不得不信。我知道"黑汉腿"有欺负同学的毛病，却不会撒谎。我想了一下，建议找几个人一起帮忙，这样就能早些逮到狐狸了。

"黑汉腿"同意了，不过只让我找两三个最好的朋友。

就这样，我们几个人一到天黑就去捉狐狸了。过去总以为那种事要带上围网和枪去林子里，哪知道也可以从一个女人身上捉。这事说起来没人信，但真的实实在在地发生了。

"黑汉腿"他叔四十多岁，说话时总是骂人，呵斥我们的灯举得不高、不正。他拿了一根绣花针，手又大又笨，低着头喘气，仔细看着脱了上衣的老婆。她一会儿笑，一会儿哭，两手端起乳房吓唬我们。

我们几个看看"黑汉腿"，有些不好意思。她的皮肤不太白，粉红色，比较胖。"别东张西望，好好瞅，往腋下、脖子上瞅，它就往不起眼的地方钻，狡猾着呢！""黑汉腿"他叔说。

这样捉了多半夜，什么也没发现。大家都累出了一身汗。女人哈哈笑，好像她胜了。男人卷了一支烟抽，盯着她说："狗东西，真想一顿巴掌揍死你！"话是这样说，他一下都没有打，还给她披上衣服。

"黑汉腿"想起了什么，突然对他叔大声嚷道："要不要脱下她的裤子？那气泡说不定就在下边哩！"

这话太有道理了。谁知他叔一听扔了卷烟，骂着说："胡诌八扯！气泡轻，都是在腰带以上转悠的……你给我看好了！"

捉到深夜两点，什么收获也没有。大家散开，约定明天继续。

就这样捉了两天。第三天发生了奇迹：正在举灯的"黑汉腿"

突然噘起了嘴,盯着叔叔,向一个方向示意——他的目光盯在婶妈左腋窝下边。他叔反应慢,我们却看见了,那儿真的有一个蚕豆大的气泡,一下一下跳动着游走,走得很慢很慢。我紧张得呼吸都停止了,好不容易才转过神来,悄悄用手指了一下。

"嗯!我叫你……嗯!""黑汉腿"他叔终于看准了,一针扎上去。

几滴血珠渗出,气泡不动了。女人立刻尖声大叫,一头歪在炕上,翻着白眼。

"我今儿个就是问你,还敢不敢进这个家门了?还敢不敢?!"

女人哀求不止:"我再也不敢了!我不敢了!快放了我吧!我不敢了……"

"你到底躲在什么地方?说出来我就放了你!""黑汉腿"他叔声音严厉得吓人,我们所有人都害怕了。

"我、我说了你们也找不到,我还是不说了!"

"不说?不说那就扎着,疼死你!"

"行行好吧,放了我吧……哎呀疼死我喽,我、我说了吧!我就在林子西头大橡树底下,一大堆乱柴火里面,大草团软软和和是我家……"

"黑汉腿"他叔大骂,搓着手看我们:"狗东西狡猾不?这让咱去哪儿找?狗东西,我看还是扎住你更好,扎上一天一夜,看你疼不疼死!就扎住你!"

"行行好吧,行行好吧!""黑汉腿"的婶妈哀求着,奄奄一息了。

我们难过极了。后来我们一齐替她哀求,说反正它发过誓不再来了,干脆就放它一马,放了它吧。

"黑汉腿"也哀求起来。他叔又抽起了烟,看看歪在一边、脸色发白的老婆,说:"你再发一遍誓我听听!"

"我就是死了也不再来了!谁要说谎天打五雷轰……"

男人叹一口气,把女人扶起,看了看窗外,将针一下拔了下来。

女人像个稻草人一样,轻轻地倒在了炕上,一点声音都没有。"黑汉腿"他叔抓起一床被子给她盖上,搓搓手说:"行了。"

第二天上学时,"黑汉腿"告诉我们:婶妈的病好了,再也没有胡说一句话,一直睡着,睡得可香呢。

大清的人

林场旁边有个小村,村里有我最好的朋友"二九",就是那个忆苦能手的孩子。"二九"爹年纪很大,因为他和老伴生"二九"时已经很晚了。有一天我和"二九"正在林子里采蘑菇,突然"二九"坐在地上想哭。

"'二九'你怎么了?"我摇晃他问。

"我爹大概快死了。""二九"擦着没有泪水的眼睛说。

我不相信,因为前几天还见他爹去园艺场买了半篮子苹果,走路满结实的。我说他是胡诌,不吉利的。

"二九"说:"这是真的,村里上年纪的人都这么说。别看我爹瞅上去没有毛病,其实活不久了,这得好好端详一下才知道,不信就等着看吧,大约就是这一年里的事。老人们都说,'二九爹吃不上明年的麦子了!'"

我又惊又气,连忙问这是怎么回事? 这样说的根据又是什么？

"二九"长叹一声："老人们说他'改了性'，也就是说行为太反常了，这全不是好兆头……"

"怎么'改了性'了？又怎么反常了？"

"我爹这些年走路不稳，动不动就摔个跤什么的；要紧的是他不喝酒了，也不愿说笑了，还把头发编成了一根小辫，说自己是'大清的人'……"

我愣住了，问什么是"大清的人"？

"我爹说他是'大清朝'过来的人，是这个意思。村里人一听吓坏了，说你长在新社会、活在红旗下，怎么会是'大清的人'？你真反动啊！让人出一身冷汗啊！他们这样吓唬他，他一点都不害怕，还掐着手指头算，说自己是哪一年出生的，算来算去是真的，他就是清朝最后那几年出生的！"

我很长时间没有说话，因为我从来没有想过还有这种怪事。一个人是清朝年间出生的，就是"大清的人"？我有点不信，可也拿不出什么理由反驳。

"二九"说："我爹这样说行，换了别人早抓起来了，好在他是苦出身，这个都知道；再就是他太老了，突然'改了性'，也就没人追究了。"

这件事对我的触动太大了。我从此遇到了一个全新的问题，就是人的出生带来的奥秘——到底属于什么人从此也就决定了，并且一辈子都改不了；再就是人到了老年突然行为反常，这叫"改性"，是一种最不好的兆头。

为了亲眼看一看这种怪事，我跟"二九"去了他家。他老爹以前见过我多次，不过没有好好说话罢了。但我相信他一定认得我。

谁知老人一点都不认人，笑嘻嘻看着我问："孩儿是哪里的人?"我介绍了自己，同时认真端量老人，想看出他有什么异常。我首先觉得他笑得不自然：太甜。因为在我不太多的人生经验中，只有小姑娘才这样笑。瞧老人嘴上眼上腮上，到处都是笑。

"二九"反复对他说，我是最好的朋友，以前多次来过村里、家里，你怎么就不认得了? 老人"哦哦"点头，笑，口水都出来了。

我觉得小孩子才笑得流口水。这又是不正常的证据了。我转到老人身后，立刻大吃一惊：他脑后果然有一根细细的小辫子。我差一点叫出来。太怪了，这小辫要多难看有多难看，像小拇指那么细，又干又涩像一绺枯草。

我实在忍不住，就盯着他的眼问："大伯，你为什么扎起了一条小辫啊? 你又不是小姑娘。"

老人的眼一瞪，不笑了。他的食指翘起来对我解释："你小孩儿家不懂，村里上年纪的人也不懂! 我是'大清的人'哪，我们那一茬儿都是扎辫子的啊——人啊，从哪里来就到哪里去，我又得回'大清'那里去了……"

我心上一沉，突然想到了"死"这个字。我听明白了，老人说的是他要死了，这不过是个转弯抹角的说法。同时我也注意到了老人的眼睛：眼珠硬得像石头，而且泛着灰蓝色，就像小狗的眼睛。完了，我心里想，村里人的判断一点都没错，也许他真的要永远离开我们了。

与"二九"爹分别时，老人一边用衣袖擦鼻涕一边送行，一直把我送到村口。我走了老远，老人还在那儿望着我。

一会儿"二九"追上来，一凑近了就小声问我："怎么样？我说得不错吧？俺爹要死了。"

我心里难过，但不想说出真实的判断。我点头又摇头，再次回头去望。

"二九"说："你注意到了没有？俺爹走路就像漂在水上一样。"

说实话，这我倒没看出来。

就在我去看过"二九"爹不久，一个多月之后，老人真的死了。

嘴子客

在我们海边那儿,把最能说、嘴巴最巧、不太务实的人叫"嘴子客"。这既是个贬义词,又多少包含了称赞的意思。凡事有利有弊,一个人能说会道是个大本领,不过又往往令人提防。

据说我们海边这儿盛产"嘴子客"——这里天生出巧嘴,也天生出华而不实的人。不过我们并没有发现自己多么会说,反而常常因为不会表达而苦恼。在班里上作文课时,老师总嫌大家语言不丰富。

在当地,最有名的"嘴子客"叫本林,这个人名气太大了,是人人佩服的一张嘴。他不光会说巧话,而且高兴了一张嘴就是合辙押韵的一大套,几乎连想都不想就吐成一长串,让人惊奇得不得了。

我们这一伙平时最爱干的几样事情,一是掏鸟窝,二是去海边看光腚拉网的人,三是看电影、听忆苦会,再就是听"嘴子客"说竹板了。他和一般说竹板的不一样,从来不带竹板,而是直接拍打光溜溜的肚皮,发出"噼噼啪啪"的声音给自己伴奏。

本林个子不高,长得结实,三十多岁,额上有几道深深的横纹,像老人一样。但是他腮上有两个酒窝,又像姑娘。谁都知道这是一个好人,心眼好,忠厚,干活肯吃苦,又能给大家送上欢乐。

当年电影不是经常能看到,看大戏更难,最方便的就是听本林说上一段竹板。林场和园艺场的工人、村里人,只要想起他来就会嚷:"本林哪儿去了?让他给咱们说一段呀!"

本林和大家一样出工干活,不同的是空闲时间还要为别人说竹板。无论是在田边还是街头,只要看到围了一大堆人,那中间肯定是说得满头大汗的本林。

我有一次好费劲才挤进人群,就近听了一遍"嘴子客"。当时他正说到了最热闹、最激动的时候,头往前伸着,瞪着大眼,嘴角全是白沫;为了更用力更方便地拍打肚皮,屁股使劲撅着,一条腿在前,一条腿在后;拍打声一会儿快一会儿慢,一会儿闷一会儿脆,完全是为了配合说出的内容。

他在说海边抓特务的故事:特务从哪里来、怎样在海里划水、上了海岸怎样伪装、长的什么模样,都说得一清二楚。大家兴奋得跺脚。我那会儿对他崇拜到了极点,心想这辈子最想学的就是这个本领了。

在本林嘴里,那个特务长得像一只老鼠,贼眼,尖嘴,不时地用两只前爪搔着胡子,伸了两个门牙磕打。抓特务的民兵快如闪电,指挥员浑身闪亮,手握驳壳枪,最后像老鹰抓小鸡一样把特务擒住了。

人群吐出一口长气,大呼小叫,拍手跺脚喊着:"本林哪,你他妈真是没治了!你是什么怪物托生的啊,你活活让俺急死、笑死!"

我和同学前后听过三五次"嘴子客"的表演,最弄不明白的一个问题是:他是临时编出来的,还是提前编好了背下来的?我们为此争执不下,有人做证说:"他是一边说一边编的!因为有好几次村里人为了考验他,就指着旁边随便一个东西,比如镢头,比如南瓜,让他马上说出一段——他真的就说了,而且说得一样好!"

我们无话可说了。这真是一个奇迹!不过说心里话,我们几个最想做的事,就是能够亲眼见证一下,这样才能打消怀疑。

机会真的来了。有一天刚刚下过一场小雨,我们几个出门逮知了猴,想不到正遇上班主任老师,她也出来逮了。她撩一下大辫子蹲在地上找小洞,不太搭理我们。知了猴在油里炸了吃最香了,想不到老师也爱吃。我们很高兴。正忙着,本林走过来了,他肯定也是来找知了猴的。

我们立刻围上他。一会儿我们把他引得离老师远一点,央求他为我们说上一段,说我们早就想拜他为师了。他一个劲儿推托,我们就不依不饶。没有办法,他就咕哝说:"说吧,说吧——说个什么?"

我们灵机一动,指指远处的老师说:"就说她吧,怎么样?"

本林敞开了衣怀拍打起来,一边拍一边发出"哎、哎"的声音,只有两三分钟就全编好了,接连不断地说出了一大段:

"哎、哎,大辫子,长又长,一看活像孩他娘;知了猴,找得多,回家扔进小油锅;炸一炸,喷喷香,然后再加葱和姜;吃得小嘴直冒油,革命路上争上游……"

我们听傻了。本林越说越急,越说越快,额头上滴下了豆大的汗珠。更奇怪的是他一边说一边往我们班主任跟前凑,我们不得不赶紧揪住了他。

好不容易说完了一大段。我们趁他揩汗时问:"你怎么往前凑啊? 你不怕她听见?"

本林抱歉地笑笑,说:"对不起,我说着说着就忘了。我只想离她近一些,看得越清说得越准啊……"

有了家口

　　不记得是十五岁还是十六岁，我有了"家口"。什么是"家口"？简单点说就是"媳妇"，海边人都是这样说的。这是多么让人害羞和暗自高兴的事啊，可惜我有点受不了。我后来甚至害怕了。

　　这事不是在学校发生的，因为那个地方不可能发生这么大的事——老师和同学都正正规规上课下课，最好的事和最坏的事都不太可能发生。

　　这是学校放伏假的事。我们一帮同学一到这时候，就可以在林场园艺场、在海边尽情撒欢儿了。夏天放假叫"伏假"，外祖母说三伏天里放假，所以就叫"伏假"。可是我脑子里总是想着"伏"在沙子上享受假期。这是真的，我们一到海边林子里就伏在了地上，要不说这是"伏假"嘛。

　　林场有个叫"小碗"的女同学做过我的同桌，后来调整座位才分开。我们同桌时相处得好极了,她给我橡皮和彩色铅笔,我给了她一只带紫花的贝壳。我们分开后,我很不高兴。

"小碗"也不高兴,有一次课间操时对我说:"我的新同桌喘气像牛一样。"我很满意,接着问:"我喘气像什么?"她认真想了想,说:"大概像羊吧。"我非常满意,因为我喜欢羊。

放假时大家到海边玩,看拉大网的。因为那儿常常有人脱到光屁股,所以我建议"小碗"不要去。大家都跑走了,只有我和"小碗"躺在沙地上看天。天上不时有云雀在叫,"小碗"说:"真好听啊!它怎么就不累?"我说:"它高兴,就不累。凡是高兴的事,干起来都不累。""小碗"想了一会儿,说:"你说话真有'哲理'啊!"

"哲理"这个词是老师上个学期刚教给我们的,这会儿被"小碗"用在了我身上。我的脸红了。她凑近一点看我,我的脸更红了。

如果能够及时阻止自己脸红就好了,可惜这很难。我越不想脸红,脸就越红。我把脸转到一边。可是我的脸像火烧一样。万万不巧的是大家这会儿正好从海边回来了,他们说说笑笑,谈的是拉网人刚逮到的大鱼。他们正说着,突然就不吱声了。他们在看我和"小碗"。有三五分钟,那个叫"黑汉腿"的家伙做了个鬼脸,喊道:"真像小两口啊,说悄悄话了!"

这一下引起了所有人的哄笑,他们拍手、跺脚、吹口哨。

整个一天我都不自在，还有一点后悔和害羞。大约到了傍晚的时候，我才有些高兴。我不敢表现出这种高兴。我觉得"小碗"也是高兴的，反正她没有大声反对什么。

天黑时我一个人在家里待不下去，就去林边走了一会儿。天上的星星真大，月亮还没出来。我蹲在一棵大野椿树下想了一会儿"小碗"，想她的眼睛、眉毛和嘴。我对她翘翘的小嘴十分喜欢。我想人的一生会有一些大事，它原来说发生就发生。

林场园艺场，还有附近的村子，很快就有人知道了我和"小碗"好。有一天我去村里找"二九"玩，刚刚进村就遇到了两个纳鞋底的老太太，她们用针锥指点我，小声议论着，我隐约听到了"小碗"两个字。我加快脚步离开了。可是刚走了不远，一个抽烟的老头笑眯眯地拦住了我，刮我的鼻子，端量说："听说你有了'家口'？这么早？也好。"

我没有勇气再往村子深处走，就折回了家。一路上我想：事情闹大了。我最担心家里人发火，最怕父亲揪我的耳朵。我的耳朵比一般同学的大，可能就是被父亲揪的。

还好，家里人暂时还没有什么反应。这让我多少放心一些了。

剩下的事，就是了解一下"小碗"的态度。我突然觉得目前最重要的就是这件事了，老天，她的态度多重要啊。

我想去"小碗"家，可是不敢进门。我在离她家很近的地方转悠,一直转悠了三天。第四天她出来了,是跳着出来的,看来十分愉快。我赶紧迎上去。可是她一见我立刻不高兴了,脸板了起来。不过她并没有躲开,而是慢慢往前走去。

我们在一棵苦楝树下站住了。我一片片揪着树叶玩,不吭声。这样一会儿,"小碗"抬头看我了。我的脸一下红了。她咴咴笑。我咬咬牙,终于鼓起勇气说:"他们,都说我有了'家口'……挺麻烦的啊。"

"小碗"好不容易才止住了笑,说:"就算是'家口',又怎么样?你害怕?"

我一愣,马上说:"不害怕!我最愿意了!我早就……不害怕了!"

"你喜欢我哪儿?"

"你的小嘴。"

"小碗"不高兴了:"就嘴巴这一样?"

我赶紧否认:"不,全都好的。'小碗',你爹妈知道了会怎样?会打你吗?"

"小碗"大笑:"他们不知道,就不告诉他们,明年再告诉——他们知道了咱也不承认——咱们明年再告诉他们。说好了,就明年!"

她的胆子真大。我从心里佩服她。好样的,我的"家口"真是好样的。我一下有了勇气和信心。不过我也知道,今后作为一个男子汉大概得承担点什么——有"家口"和没有"家口"当然是不一样的。

一种沉沉的、乐于承担的责任，从那天起压上了我的肩头。

炕和猫

"狗在地上,猫在炕上",这是外祖母常说的一句话。她的意思是,猫和狗是两种不同的动物,对待它们要有原则,不能乱来。比如说狗上了炕,她会马上严厉地斥责,让它快些到地上来,不然就打它了。猫蜷在炕上,她从来没有不满意过,有时还主动地把它抱到炕上。

有一段时间,我从学校或林子里回家,第一件事就是看看炕上有没有猫。因为它蜷在炕上的模样早已让人习惯了,觉得那样才是正常的。其实猫也有自己的事情,它常常不在家里更不在炕上,而是去林子里、去其他地方做点什么。它主要是贪玩,其次是要了解外面的世界。

我发现猫喜欢的地方与我们一帮朋友大致相似,比如林子、园艺场和村子等。它如果不按时到这些地方去转一转,就会寂寞。它还会与另一些猫在一起打打架什么的,这与我们也差不多。

　　不过猫一定会按时回家，待在炕上。那时候它很正经，好像从来没有胡闹过似的，表情十分严肃。我有时与它一块儿待在炕上，长时间看着它严肃甚至还有些忧愁的小脸，用力忍住才不会笑出来。它在思考什么大事？它沉重的表情让我不好意思将其抱起来戏耍。

　　当它低头思索的时候，我们所有人都得承认：它的心事太多了，也许正思索着全世界的大问题呢。它真的像一个智慧老人，长了两撇胡须，永远皱着眉头。我伏在炕上，与它面对面看。这时它一点都不理我，只偶尔半睁眼睛看看我，然后重新闭目思考。

　　可是我不会容忍它一直这样严肃下去。我要和它玩，无论它愿意与否。我捏捏它的鼻子，亲亲它的额头，握住它又软又小的一对巴掌。在这个世界上，谁的鼻子长得比猫更好看？圆圆的直直的，还有一层粉细的茸毛，摸一摸有一种美妙的手感。如果把嘴巴贴在这个小鼻子上，会有一种痒丝丝的感觉。

　　它偶尔也会停止思考，让我玩一会儿。但是它如果正想着某种大事，就一定会千方百计挣脱我，去另一个地方待着。它从炕的这头挪到另一头，有时干脆冲出屋子，跑到灌木丛中，或者爬上高高的树杈，趴在那儿思考。

　　猫是所有动物——包括人在内最善于思考、花费思考时间最长的一种。当然它不会告诉你思考了什么，这一点也跟我们差不多:平时谁也不会将自己思考的内容公布出来,除非是写作文。

我在炕上写作文,然后就读给猫听。它听得很认真,一字不漏。读完了,我抚着它的头,想知道它的意见。它先要安静一会儿,接着就舔起了巴掌,一下一下洗脸。我明白,它的这种动作是对我表示最高的赞美。

随着冬天的临近,猫在炕上待的时间越来越长了。炕洞里有热气,炕上热乎乎的,它伏在炕角打着呼噜。因为家里人都忙,父亲母亲不在家,外祖母也多半时间在院里,这时也就只有猫在屋里了。它守住了一个家,使这里不至于空空荡荡的。我背着书包回家,首先向猫报到:我回来了。

狗有时也要钻进屋里,在炕下徘徊。它急得团团转,却不敢上炕。它嫉妒炕上的猫,时不时地将前爪搭到炕沿上张望,但最终还是没有跳到炕上。猫对急躁的狗睬都不睬,根本不正眼瞧一下,因为它心里再明白不过:狗是没有资格上炕的。

冬天终于来了。这里的冬天很冷,北风呼呼刮,雪花零零碎碎飘下来,滴水成冰。这个时候无论是园艺场还是林场、周围村子的人,全都躲在家里了。而全家的中心就是炕,炕洞里燃起了木柴,烧得呼呼响。

一家人都坐在炕上抽烟,吃地瓜糖,讲故事。如果有串门的人,也一定请他脱了鞋子上炕,和全家围坐一起。这时炕上的猫不再独自思考,而是用心听着每一个人讲话。它大概听得懂所有

161

话,一会儿看看这个,一会儿看看那个。

它最爱去的地方是外祖母的怀抱。外祖母抱着它,一会儿抚摸一会儿拍打,有时还要往胸口那儿拢一下。

母亲说:"猫跟你姥姥最好,关系最近。"

我问:"它和我怎样?"

母亲说:"差多了。它不喜欢你。"

我心里有些委屈。因为全家人谁也没有我花在它身上的时间多,我总是和它玩啊玩啊。"为什么啊?"我问。

母亲说:"你不让它清闲。"

专教干坏事的老头

　　林场有个看林子的老头,六十岁左右,总是笑嘻嘻的。他一个人在林子里窜,没什么事,平时只和不会说话的树木、野猫之类打交道,肯定十分孤独。所以他见了我们一点都不烦,还请大家到他的铺子里玩一会儿。

　　他住的这个地方真不错:半卧在土里一截,有锅灶有炕,各种瓶瓶罐罐摆了不少,里面全是好吃的东西。他高兴了就问我们:"想吃什么?"还没等我们开口,他就拧开大瓶子盖,取出酸的甜的给我们吃。

　　野果被糖水泡着,海蛤也腌了一小坛,还有咸鱼和肉,及蜜枣。这些东西简直连做梦都想不到。我们吃了,他就挤着眼说:"吃了也就吃了,不准到外面说。"我们问为什么? 他说现在的人嫉妒心太大,如果知道这里有这么多好东西,那他还能活啊?"他们会怎么对你?"我们问。他用烟袋杆在脖子上比画一下:

"杀了我。"

他这话当时吓人一跳，后来想了想，觉得也太夸张了。不过这个老头真不错，对人和蔼，又舍得东西，更主要的是会讲故事。

我们这辈子可能再也遇不到比这个老头更会讲故事的人了。这些故事据说十有八九是他亲身经历的。不过说真话，我们也没有全信。比如他说亲眼看见从云彩上下来一个红毛老头，是雷公，听说他有好酒好肉，就在打雷的间隙里下来讨一口吃。还说半夜有个娘们儿从海里爬上来和他结婚——"她脸上的胭脂味儿太大了，顶得我心口疼。"他这句话就露了馅，谁都知道海水会洗去胭脂的。

老头还吹牛，说自己为什么看了一辈子林场？就因为会功夫。"想想看，上级把这么大一片林子交给咱，也真是放心。为什么？就仗着咱有功夫。"

"功夫"两个字是最吸引人的。因为长期以来听了不少飞檐走壁的传说，就是没能亲眼见到一个有功夫的人。这样的人近在眼前，这是多么大的事！我们都想看一看，想跟他学上一招。

老头在我们的一再央求下，在炕上打了一会儿挺，最后还是爬起来，往两手吐了几口唾沫，攥紧了拳，蹲成马步，往左右狠狠挥了几下。

"就这样了？"我们大失所望。

老头说："教多了你们也记不住。有的功法太深，小孩子是看不明白的。"

我们一齐说试试吧,千万别小看我们,多练几招吧。老头叹气,很厌烦我们。他咕哝了几句,再次蹲成马步,伸出食指和中指,往一个方向举着,说:"告诉你们吧,这叫'剑指'。"我们问:"'剑指'怎么了?"他说:"这样一指,另一只手里的宝剑就砍过去了,那意思就是说,取你的'首级'!"我们又问:"'首级'是什么?"老头又一次悲伤地叹气:"唉,'首级'就是敌人的脑袋啊!"

我们吸了一口凉气。

老头不再练下去,只说"以后"吧,这功夫的事也就放下了。剩下的时间主要还是讲一些乱七八糟的故事,说一些林场和园艺场、村子一些人的事情,这些人早就死了,个别人还活着。他把这些人说得或者吓人,或者笑人,再不就是让人听了脸红。这个人知道得可真多。

我们回家时还一直想着看林子的老头,觉得他太古怪、太有意思了。他的小铺子真是天下最好玩的地方。我们决心保密:这么好玩的去处,谁也不能告诉。

可是有些好事不讲出来心里就会发痒。也因为不小心,我回家说出了那个看林子的老人。父亲看了母亲和外祖母一眼,严肃地说:"以后不要去了,那个人不正经。"母亲和外祖母也沉着脸说:"别去找那个人,他不是好人。"

我后悔说出了他。不过我也多少相信家里人的话。后来见了几个伙伴,他们当中也有像我一样回家说过那个人的,家里人也阻止了他们,理由都差不多,说那个老头不是什么好东西:专教人干坏事。

我们几个害怕了一阵,但几天之后就忘记了,反倒更加想念那个地方。大家不约而同要去看他,都说:这怕什么? 他又不吃人。再说了,一个老头再有心眼,还有咱们一伙加起来聪明? 咱们什么都不怕。

我们又去了老头的铺子。老头很高兴,说:"我知道你们还得转回来。"他除了照旧慷慨大方地拿出好吃的东西,还给我们变戏法:用一个手绢盖住三颗橡籽,不知怎么就变没了;还将一粒橡籽塞进我的衣领里,说一声"走",就再也找不到了;正纳闷,他伸手到我的短裤那儿一捏,那颗橡籽就抓到了手里。不过他顺便在我下边按了一下,说这是"橡籽",让我脸上烧起来。

说实话,与老头相处的这些天里,最让我们信服的还是变戏法这件事,这是真本事。

因为玩得高兴,常常是天黑了还不想走。肚子饿倒也不怕,老头这里吃的东西很多。天色一晚,老头就更有意思了。他一点都不困,两眼比白天还亮,笑得很响。他说自己是和猫头鹰差不多的脾性:特别喜欢黑夜。我们问为什么,他就说:

"咱有一双夜眼。别人黑影里看不见的东西,咱能。咱这辈子在黑影里见过的秘密多了。就因为咱知道的事情多,所以名声就坏——想想看,人这一辈子德行再好,谁还不干一点坏事?咱知道了他的坏事,他能不恨、不防着咱?"

我们对望了一下,突然恍然大悟了!我们这一下明白了:村里、林场和园艺场,所有说老头坏话的,都是因为害怕这个老头啊。

从那时起,我们与老头的情感加深了,也不再提防他了,甚至还喜欢起他来。就这样,我们一有时间就来找他玩,每次都待到很晚。老头从来没让我们失望过,因为他的故事多到令人没法想象的地步,讲上一天一夜都不会重复。他还对我们说:"人老了记性不好,我如果把讲过的又讲了一遍,你们就拧拧我的耳朵,我就会从头讲新的了。"

我们答应了他,不过一次也没有拧过他的耳朵。

随着时间的推移,大家和老头越来越好,也越来越随便。比如憋尿时,过去要跑到大树后面,现在被老头看到了也不在乎。不仅我们这样,老头也是一样,他小便时也不背着我们。有一次他甚至提议让大家站成一排,由他喊一二,一齐开始,看谁尿得更远更高,胜者奖励一把核桃。他在地上画了一条线,我们当中只有一个人尿到了那么远。他有些失望地蹲下看了,说:"我像你们这么大时,尿得比你们远多了。"

他的话没有一个人怀疑。因为这是一个不同寻常的、了不起的老人。

就因为佩服他,他的话也就格外有理和可信。他有时说腰不舒服,就躺在炕上,让我们轮流踩他的背,他就"哼哼呀呀"地享受着。有时他还会一丝不挂地躺在外面阳光下,让我们用热乎乎的沙子把他埋起来,只露出一个头。他说:这是治病。

有一次他笑嘻嘻地问我们:"有没有欺负你们、又拿他没一点办法的人?"我们几乎异口同声说:"怎么没有?当然有!"

我们首先说到了指挥拉大网的那个海上老大,那家伙经常把我们从鱼锅旁赶开,还骂一些难听的话。我们对他又怕又恨。老头听了撇撇嘴,说:"这个好办。"

接着他慢条斯理地讲了几个制伏海上老大的办法,让人大开眼界。一个办法是等那家伙睡着了时,往他身旁放一块大鹅卵石,这样他一翻身就会硌得跳起来;另一个办法更好,不过得几个人相互配合:海上老大平时在海边只穿一条大裤衩子,这时你们就围上他说话,他一定烦得赶人,而你们这会儿就趁机下手了。具体步骤说得详细:

"你们先去林子里找一只大刺猬,这东西很多,不难找。找到了戴上皮手套拿着,藏在身后。海上老大轰赶你们时,你们就挠他逗他,趁他没有防备,赶紧下手:一手飞快揪开大裤衩子的松紧带,另一只手把那只大刺猬放进去,然后抬腿就跑……"

大家笑得肚子疼。都说这方法最好不过,只是有点狠。我们都能想到刺猬扎人会多疼。

还有一天,老头说到了喝酒的问题,说他如果钱再多一些,这铺子里会有多少好酒啊。"当然我是不缺钱的,我有工资。我是说你们这些小孩子,恐怕家里大人不会给你们多少钱吧?"

我们点头。他算说到了点子上。

老头咂咂嘴:"有本事就不会缺钱,这事得自己想办法。我像你们这么大时,有的是钱。我进海钻河捉大鱼,采药材,怎么都是钱。最省心省事的是卖大辫子……"

他说到最关键的地方反而停住了。我们担心听错了,问了问,没错,是"大辫子"。这真是古怪到极点。再问,他就从头说起来。

"你们不知道,最值钱的东西就是大辫子了,越粗越黑越长也就越值钱。女人才有这东西,她们不舍得剪呀,为什么?就因为辫子长了才招眼,喜欢她们的人就多。还有,大辫子费了许多年才长这么粗这么长,每天里梳啊理啊,时间长了也就有了感情,所以谁也不舍得剪下它来……"

"为什么大辫子值钱?卖给谁?"我们问。

"哪个村的代销点、采购站都收购它。这东西可能上级有大用,反正一条大辫子能卖这个数……"他伸出大拇指和小拇指。

"六块钱?"

"哒,六十块钱!不信吧?就这么贵!看起来价钱不低,仔细想一想这样的一条大辫子得长多少年啊!所以说嘛,一点都不

169

贵。那时我知道这个，见了有大辫子的姑娘就讨她高兴，夸她，给她仨瓜俩枣的，说反正辫子早晚也得剪，不如行行好剪下给我。她要不剪，我就会偷，等她干活特累特困躺下睡着时，用一把快剪刀，咔嚓一声剪了就跑，头也不回……"

我们听得瞪大了眼睛。这事有点玄，也有点惊险。

大家沉默了。这样一会儿，老头笑嘻嘻盯住我们看，说："咱这一围遭儿我看了，谁也没有你们老师的大辫子好！"

他说得一点不错。刚才他说的时候，我就想到了我们班主任。她的辫子又粗又长，搭到了腰上，而且在阳光下闪着亮。

谁能得到我们老师的大辫子？这事连想一下都害怕。

老头使劲撇着嘴说："她留那条大辫子干什么？不顶吃不顶穿，用来支援国家不好吗？她是不会想得开的……要是我当她的学生，早就给她卸下来了。"

"卸"这个字有点吓人，不过也不过分。想想看，那么粗大的辫子，就像身上驮的一件重物差不多，也许真的需要"卸"才行。

我们都说："那可不行。那怎么行。谁也没法让老师割下自己的辫子啊！"

老头摇摇脑袋："那就看想不想办了。真要想办，还有办不到的事？我这里就有两个方法。"

我们一齐喊："不信不信！"

"那我说说看。比如有两个方法，都能试一试啊！一是看电

170

影的时候,人挤起来是个机会,你们几个说老师啊,俺提前占座位了,去看电影吧,她就会和你们挨着坐了。提前准备两样东西:一把剪子,一根细绳……"

我忍不住了:"还要捆她? 天哪!"

老头一挥手打断我的话:"听着。坐她后边的人拿着剪子,等电影演到最热闹的时候就动手。先将那根细绳拴到辫梢上,然后让远一点的人牵住。这边一剪子剪下,那边飞快一牵就抽走了。她觉得后边缺了什么,回手一摸没了,你往哪儿藏剪下的大辫子?剪刀扔地上就是,大辫子呢? 被远处的人抽走了,拿跑了,她也就找不着,怪不得你们旁边的人了!"

我们"啊"了一声,一下明白过来。

老头喝一口水,接着说下去:"另一个办法简单,就是想法溜到她屋里,钻到床底下。等她睡得沉实了,一剪子剪下,打开门就跑,她什么办法都没有……"

看林子的老头教给我们的办法当然还有许多,都是对付别人的,比如摔跤时怎么捏对手的胯部,怎么将桃子毛吹进女同学的衣领……这些方法听听有趣,真要实施起来就不那么容易了。

至于说塞大刺猬、剪老师大辫子的事,我们大概一辈子都不会去尝试。

洋大婶

我们最愿意赶集了。集市总是离村子比较远，而且规模越大离得越远。比如公社驻地那个大村镇的集市最大，其次是离林场稍近一些的四个小集市。

集市是人间天堂，那儿要什么有什么。如果有人说世上还有比赶集更好的事，那一定是骗人。这么多人全拥来了，卖东西的，来玩的，还有其他——这得一点点从头说起。一条大街堵满了人，稍大一点的巷子也全是人。谁要在这样的地方不迷路，就得知道许多窍门。

首先要弄清集市的"头"和"尾"。再大的集市也有开始有结尾，如果没头没尾瞎窜，就会走丢。不过只要熟悉了也就好办，这时从哪里穿插进去都能转出来。赶集时走丢了的孩子很多，所以家里人总是一遍遍叮嘱。我们几个早成了赶集的老手，什么都不怕。

集市的"头"是卖葱的,一捆捆大葱立在那儿,旁边有香菜、白菜和萝卜。集市的"尾"是卖老鼠药的,那儿有一张白布铺在地上,上面摆了制成的老鼠标本,最大的有猫那么大。老鼠药一包包不起眼,它的作用怎样,看看死老鼠就知道了。旁边是老鼠夹子,这是跟了老鼠药走的。

从"头"看下去热闹不断,开烧锅的,打铁的,租书摊,这是集市上的三大"戏眼"。哪儿最香哪儿就是烧锅,一口多大的锅啊,比海边上熬鱼汤的铁锅还大,里面是沸滚的油。什么东西都往锅里扔,一个光膀子的大汉不断地问围上的客人:"吃什么?"吃什么就往锅里扔什么,一会儿用铁笊篱把炸好的东西捞出来,用黑纸一包递给顾客。

打铁的最好看,有人拉风箱,有人烧铁块,有人打小锤,有人抡大锤——我们一开始以为抡大锤那家伙膀大腰圆最了不起,后来才知道拿一把小锤的瘦老头最厉害:小锤落在哪儿,大锤就要砸到哪儿。镰刀成了,斧头成了,镢头成了,都是瘦老头指挥干的。

租书摊上全是花花绿绿的小人书,花几分钱就可以取一本坐在马扎上看。这些书码成一摞一摞,真馋人。一个人如果能拥有这么多书,那就连学也不用上了,关着门一口气看完才好。每一次走过书摊,我们都挪不动腿,但咂咂嘴还得走,因为要转遍整个集市。

集市上应有尽有，就连做梦也想不到的东西都有。我们从来没听说有人买不到他想要的东西。如果买不到，那也是他不会找。从"头"转到"尾"还不够，还要转到更弯曲的小巷子里，那里的怪事就更多了。比如割鸡眼的，治秃子的，卖挖耳勺的，卖膏药的……这些说也说不完。

除了买卖东西，集市上还常常发生更惊人的大事，能不能遇上就要看运气了。比如"游大街"，从"头"游到"尾"，让大伙儿一直跟上看，眼都不眨一下。几个背枪的人在前边开路，另一些背枪的人押着几个五花大绑、脖子上挂了牌子的坏人。这些坏家伙年纪有大有小，大的八十岁不止，小的只有七八岁，全都长得难看。

只要铜锣一响，大喇叭嚷起来，我们就知道来了游大街的。集市上所有人都精神起来，脖子伸着往一个方向跑，除了留下看摊的，卖东西的人也跑开了。我们尽可能挨得近一些，因为首先要看清坏人脖子上挂的纸牌，弄清这坏人叫什么、年龄多大、所犯罪行。他们的胆子可真大啊，偷盗、放火、强奸、反革命、地主……杀人犯倒不多，看十次游街的，只能遇上一两个。杀人犯要戴手铐脚镣，后衣领上还要插一个木板，上面打一个大大的红叉。

这些坏家伙游过大街以后，就要押回牢里，然后等下一个集市再拉出来。

最让人难忘的是一个八十多岁的老头，还有一个三十多岁的女人,他们纸牌上都写了"强奸犯"三个字。有人指点他们说:"瞧瞧,多歹毒啊!"另有人摇摇头说:"怎么会呢? 莫不是搞错了?"有个戴眼镜的中年人马上反驳道:"对这种事要'辩证'地看。"

从那时我们明白了:对古怪的事要用古怪的眼光看,这就是"辩证地看"。

集市上有这么多热闹,其实更有趣的还是去看"洋大婶"。她们是外国人,年纪在四十岁左右,也有更年轻或更年长的。这些人进了集市,无论多么拥挤都能让人认出来,因为头发不一样,眼神不一样。她们最愿意赶集,远远近近的集市都会去,不是买东西就是看热闹。

"洋大婶"不开口说话时,会让人觉得很疏远,可是一开口就近了:和当地人分毫不差,而且满口土语。原来她们从老一辈就来到了当地,都是本地出生的,有的还嫁了当地男人。

一个"洋大婶"坐在地上卖花线,花花绿绿的丝线摆了一排,真是漂亮极了! 我们蹲在那儿看,摸摸这个,动动那个,并不想买。"洋大婶"叼着烟卷看着我们,却不说话。"黑汉腿"模仿着电影中的日本人,竖起拇指对她说:"你的,大大地好!""洋大婶"马上板起脸:"你这孩儿,好生跟大婶说话!"

"黑汉腿"的脸立刻红了。

回到家里议论起这些"洋大婶",母亲说:"她们都是几十年前漂洋过海来的,老家远了,先到海参崴,再到东北,坐船过了海湾,下了船就是咱们这儿。她们是逃难来的,原先家境富裕。不过那边富裕人家不好过,她们就跑到这边了,一代代过下来……不容易啊!"

我心里一下同情起她们来了。我小心地问道:"她们——就是'洋大婶',出身成分怎么定?"这才是我担心的事情。

外祖母说:"她们早就没有财产了,穷得叮当响,现在都是'贫农'。"

我悬着的一颗心落了地。还好。"洋大婶"如果是"地主"那该多麻烦,"外国地主"——想都不敢想。

小矮人

　　附近村子里有一个名声很大的怪人，提起他没人不知。这个人叫"常敬"，个子只有一般人的一半左右。不过他事事要求进步，已经成为管事的人。听说他除了管自己的村子，还多少要管别的村子。

　　村里人说到不能以貌取人的道理，总是以常敬为例："才多大一点的人，就这么有本事，连那些身高马大的人都得归他管。"这倒是真的。不过在暗地里，说到人的坏，他们也要以常敬为例："这个人太狠了，早晚不得好死。"

　　常敬是掌管武装的人。当年海边这儿也算边防，所以武装很重要。上级每年都布置抓特务的事，连我们班主任也要谈到这个，那是学校的统一规定。她在讲课之前使劲撩开那条大辫子，擦擦鼻尖上的汗说："同学们，你们到海边玩一定要提高警惕，遇到可疑的人就要回来报告；他如果向你们打听秘密，千万不要告

177

诉他。"

我们记在了心里,却有许多疑惑:一是特务年年防,从未发现一个;再就是谁也不知道该向特务瞒住什么秘密。说心里话,任何事情光说不练是烦人的,我们还真的盼望有少量特务能来,只是没有说出来。

我们曾经问过村里人:"特务长什么样子? 怎样识别?"这是大家最关心的,因为平时在海边林子里遇到的生人太多了,怎么知道他是不是特务呢?

一般人是无法回答的,只有参加过训练的民兵才说得出一二。他们讲:第一,特务是外地人,所以口音很怪;第二,背了大包,因为远道来执行任务,要带不少零碎东西,什么刀子、雷管、无线电之类;第三,又黑又瘦,海腥气很大,因为他们都是从海里爬上来的,和一般人不一样。

这几条记住不难,应用起来却不那么简单。比如我们去林子里玩,遇到不止一个符合那几条的,于是就跟上去,最后发现不过是林场园艺场的新工人,他们是外地人,背个大包,口音与当地人也不同。

常敬多年来都是专注于抓特务的人,在海边林子里神出鬼没,有好几次差一点就成功了。他个子矮,便于隐蔽;但身子宽,肌肉发达,力量是一般人的两三倍,所以一旦遇到突发事件,他会从树隙里一纵扑上去,谁也不是他的对手。

他逮过好几个可疑的人,审不出结果,就押到公社武装部了,据说其中的一个差一点就算特务了:虽然不是从大海对面泅上来的,却是附近一个岛上的二流子,长期脱离生产,好逸恶劳。逮住这样一个家伙,揍一顿,遣返原籍,多少也算功劳。

常敬最大的收获是有一年逮到了一个"女特务"。这姑娘个儿很高,比我们班主任还俊,所差的只是没有大辫子。她与家里人赌气,跑到外面不回家,不知怎么游荡到了这片林子里,就被常敬逮住了。当时他背着枪,子弹上了膛,枪栓一拉,"女特务"立刻瘫了。

常敬自己审了两天,没审出什么,也没有押往公社武装部。结果这个姑娘就在他家住下去,成了他现在的老婆。

说到常敬,村里人最佩服的还是他找老婆这件事,都说:"不服不行,有志不在身高,看看人家,真是人小能力大啊!"

我们都想亲眼见一见这个神奇的小矮人。想想看,那么小又那么有本事,还掌管武装,该多么有趣啊。同时我们又听说这人脾气越来越不好,打人骂人是常事,都有些害怕。不过越是害怕,就越是想见。

常敬后来被任命为"基干民兵营长",可以统管几个村子的民兵。每个村子的民兵算一个连或排,几个村的民兵合到一起才算一个营,整个营也就归了常敬。

每到农闲时节,民兵营就要集中受训,各村民兵也就背上枪找常敬去了。他们被带往某个村子的大场院里,日夜操练。常敬这段时间是最忙的。结束操练后民兵各自回村,就像变了一个人,走路挺胸,两眼发尖,说话干脆——可惜这只能保持一个星期左右,也就变回原来那样说说笑笑了。

民兵介绍了不少训练场的事。他们说常敬这个人真了不得!想想看,上级就是有眼光,满街多少高个子啊,人家偏是不用,专用这个小矮人,为什么?答案不说自明,就是凭了过人的本领。听听常敬喊口令吧,那不是人声,那是金属声,钢脆发亮,即便心里没有鬼的人听了也要一哆嗦!常敬打枪、摔跤,摸爬滚打,样样超人一等。单讲摔跤这一项,全营就没有他的对手。

关于摔跤,村里人有不同的看法。他们说:"这么多大人摔不过一个小人儿?我看是给他留脸面吧!"民兵马上摇头:"可不是这样!常敬'下体'沉哪……"

"这是什么话?"大家都不明白了。

"是这样,人人都分'上体'和'下体',"民兵伸手在腰那儿画了一下,"腰以下是'下体'。咱一般人都是'上体'沉,而人家常敬是'下体'沉,沉得就像石头。你们知道不倒翁吧?为什么扳倒了又站起来?就是因为'下体'沉。常敬就是这样,别人再有劲儿,哪怕将他举过头顶,只要扔到地上就站得好好的。可是人的力气总有使尽的时候吧?到那时再瞧人家常敬,两眼虎生生的,想怎么折腾你就怎么折腾你!"

民兵的话让人服气,都说:"老天爷,原来是这样。"

我们一心要见常敬。为了这个,我们甚至在星期天结伴去过他的村子,结果还是扑了空。村里人说他去公社开会了,一边警惕地盯着我们。我们赶紧走开了。

在春夏交接的季节,林子里是最好玩的。这时鸟儿多,花儿多,各种动物都胡跑乱窜,它们高兴得直撒欢儿。地上蘑菇长出来,药材也不少。到了星期天,谁如果在家里待着就傻了。我们通常要在林子里玩一天,去海边看打鱼的,去河口看挖螃蟹的,去林场找看林人胡扯。

这天下午,我们几个追一只拳头大的小兔,刚进了一片橡树林就听到了古怪的声音。"扑哧""呼呼",是这样的大喘和屏气声。我们猫下腰往前凑,借着一丛丛灌木的遮挡靠近目标,最后终于看清了。

原来有两个人在空地上厮打,他们不说话或累得说不出话了,只加紧打斗。两人长得相差悬殊:一个又黑又高膀大腰圆,像个铁汉;另一个矮矮的,顶多达到黑汉肚脐上边一点。黑汉一只手举起了小矮人,又抡又摔,可小矮人一落地总是站住了。

"矮的一准儿是常敬!"我们交头接耳,眼睛不离这两个人。

黑汉气坏了,越来越狠地折腾起这个小矮人,把他摔了几十次、踢了几十次,最后又想骑住搓揉:他把小矮人按紧,骑上去捶头、打屁股、打腰;往上撩起来,再骑上去。这样重复了十来次,

181

黑汉坐在小矮人背上，汗珠哗哗淌，仰脸大口喘着。再瞧小矮人，在胯下一声不响，像绝了气。我们都知道小矮人这次完了，不行了，心里可怜起他来，琢磨是不是上前求个情……

就在这时，正在大喘的黑汉突然"嗷"的一声从小矮人身上滑下来，脸上痛苦极了。他歪在地上，正要爬起，只见那个小矮人用光光的头顶狠力撞过去，又左右开弓往他脸上打拳，那拳头真是雨点一般。黑汉踉踉跄跄站起，还没等还击，小矮人又一次把他撞倒。这一回小矮人不是打他的脸，而是双拳飞舞打他的腰、小腹。黑汉连连后退，伸手遮护。小矮人并不停手，继续打了一番，然后一只膝盖压住对手，身子往一旁歪去——原来那儿放了一根绳子。

就在我们惊惧的目光下，小矮人将黑汉捆了个结结实实，这才站起来。他嫌脏似的拍拍手，绕着黑汉转了一圈，猛地大喝一声：

"立正！站好！"

黑汉在震耳欲聋的口令中浑身一抖，双脚并拢起来。

小矮人抔着腰盯着黑汉，喊道："我就想问问你，你想干点什么？"

黑汉的声音颤颤悠悠："我、我想去买鱼，顺路捡点蘑菇……"

小矮人哼一声，重复问："我就想问问你，你想干点什么？"

黑汉的回答与上次一样。

小矮人的声音更猛烈了,不过问的仍然与原来相同,一字不差。那个黑汉全身颤抖,缩得不成样子,连连求饶。小矮人极为不屑地瞥瞥他,咕哝说:"这我不管——我就想问问你,你想干点什么?"

小矮人一边咕哝一边拽起绳子末端,牵住黑汉,往村子的方向慢慢走去了。

坠琴

园艺场南边的村子里有个拉坠琴的人。这人住在村边小土屋中,屋子四周有几棵大树,有土墙小院。他说拉就拉,早晨晚上凌晨,或者是大白天,说不定什么时候就拉起来。他的琴很响,如果顺着风,能传到很远的地方。听琴的人三三两两坐在大树下,一般不会进他的小院。

这个人叫"斜眼老二",四十多岁,脾气不好。但是他的琴拉得太好了,在方圆几十里都是有名的。村里人都说:"'斜眼老二'的事真叫怪啊,谁也没听说他跟什么人拜过师,怎么就学会了拉琴呢?"

我们一听到琴响,就往小屋那儿跑。早有人坐在了大树下。大家听了一会儿,心里痒,就踩着人梯往里望。原来他坐在院里拉琴,这让我们看得清清楚楚:可能因为眼斜,他拉琴时一只眼盯着琴弦,一只眼看着我们;多大的一把琴啊,琴筒是铜的,上面蒙

184

了蟒皮，有金色花纹；琴杆是紫色的，高过他的头顶，上面有两个大旋钮。

他的嘴绷成了一条线，全身颤抖，整个人激动得不成样子。这时琴声像唱又像哭，是女人的声音，谁听了都不能不动心。他后来大概透不过气来，终于放下了琴弓，大口喘气，喝水……一会儿又拿起琴弓，轻轻动了几下，那琴竟然像人一样说话了，不过嗓子比人尖亮：

"小家伙从院墙下来——我要打人了——"

一句话说得分分明明，这是真的！可我们亲眼看见了，这话可不是"斜眼老二"说的，而是琴说出来的！大家赶紧从高处跳下来。

大树旁的老人抽烟，笑眯眯地说："'老二'的琴像人一样，什么话都会说。有时还骂人哩。"

如果不是亲身经历，这事谁也不会信。我回家把这事告诉了外祖母，她说："他有这本事。他老婆就是这么来的。"外祖母把事情从头说了一遍，让人更吃惊了。

原来"斜眼老二"三十多岁还没有老婆，连提亲的也没有。因为他的眼睛有毛病，又不会说巧话，大概只能一个人过日子了。那时他就开始拉琴了，在小院里拉，有时还到大树下拉。围着听的人不少，他谁也不理。

他一开始拉琴总是慢慢的，渐渐加快，最后快得让人头皮发

185

紧。这样快一会儿，又特别特别慢下来——使劲低头，琴弦上的手指不停地揉动、颤抖，那琴也就唱一会儿、哭一会儿。这声音谁也受不了。有一个老人一边听一边端着茶碗喝水，最后实在忍不住了，就把手里的茶碗摔碎了！

这全是真的，不是传说。

"斜眼老二"如果在院内拉琴，拉的时间久了，不仅村里人会到大树下来，就连林场园艺场的人也来。最让人吃惊的是不少猫也来了，它们蹲在院墙上，蹲了一溜儿。猫是喜爱音乐的动物。

有一天"斜眼老二"提着琴来到大树下。来听琴的人不多，其中有个老太太领着女儿。拉了一会儿，那琴声里好像时不时插进一句话，几个人都听清了，说的是："'小水'真好。"

"小水"就是姑娘的名字。她害羞了，往老太太身上倚。

后来的日子里，小院里时常传出"小水"两个字，像是不停地喊她，但的确是琴声。这样过了几个月，有一天小水气冲冲搐开了"斜眼老二"的门，指着他说："我真想把你的琴砸了！"

她后来并没有砸琴，而是嫁给了拉琴的人。

老贫管

我们学校要有大喜事了。班主任、校长,所有人都兴冲冲的,他们忙前忙后写标语,指挥人打扫环境卫生,还让同学们穿得整齐一些、打起精神。原来"老贫管"要来了。

每个学校都要有一个老贫农或老工人,来代表村子或林场园艺场管理学校,他们统称为"老贫管"。

同学们私下议论即将发生的这件事,都认为能做"老贫管"的肯定是非同一般的人,他必须祖上三代都穷,而且到现在还穷;不光要穷,还不能识一个字,也不能说书上的话;要打赤脚,脚上要有牛屎。

听说南边一个学校去了一个"老贫管",他就常常不穿鞋子,脚上踩了鸡粪牛粪从不在意。

我们正在猜测将要到来的"老贫管",想不到这人说来就来——原来他不是别人,就是"黑汉腿"他爹,是喂牲口的饲养员。

所有人都失望了，就连"黑汉腿"也不高兴，咕哝说："他来干什么。"

学校开大会，放鞭炮，班主任领人呼口号："向'老贫管'学习！向'老贫管'致敬！"校长讲话了，他说我们学校从今以后就大不一样了，我们有了"老贫管"。"黑汉腿"他爹笑嘻嘻地看着老师和同学，就像看饲养棚里的牲口。

散会后大家讨论：究竟是"老贫管"官大，还是校长官大？一时都说不准，意见很难统一。

"老贫管"究竟要干些什么？他平时也给大家上课吗？正这样想着，"黑汉腿"他爹真的一个班一个班走访了。他来到我们班时穿了一件翻毛羊皮大衣，这使人大失所望：这分明像地主，哪里还是贫农？

班主任让大家起立欢迎，说今后"老贫管"会常来班里，他要看看同学们学得好不好、遵守不遵守课堂纪律？"请'老贫管'给我们讲话！"班主任甩甩大辫子，提高了声音。

"黑汉腿"他爹从衣兜里掏出烟袋，想抽又觉得不妥，就插到了衣领那儿，大家笑了。他挨个瞥了一遍，说："都是前村后村孩子、林场园艺场孩子，不是外人。这么着，好好学，学好了接下咱革命的班儿。说实话，我扔下牲口棚来咱学校也不放心哪，有头花犍子眼看就要生小犊了……"

所有人都笑了。

他继续说:"这头花犍子力气怪大,脾气倔,谁的话也不听,队长的话也不听,只听我的。半夜里我给它添草料,你猜怎么?用头蹭我胸脯这儿,还舔衣襟哩!要不说牲口畜类啊,个个都通人性……我三五天没回牲口棚,昨儿个回去,嗬,花犍子一见我就哭了,这是真的,它流泪了……"

教室里一点声音都没有。所有人都被吸引住了。

我们真希望他再讲下去,讲多一点,可是他很快就刹住了话头。班主任带头鼓掌。

后来的日子,"老贫管"又来过班里几次,在大家的要求下再次给我们"上课"。这一回讲了农田知识,具体说的是"西瓜的种植"。我们都爱吃西瓜,可真的不知道种西瓜还有这么多讲究。比如说,无论一片土地多么肥沃,都不能连续栽种,而必须轮换着种,不然就不会结瓜。他说到管理,特别是怎样看管成熟的西瓜:

"西瓜瓤儿一红麻烦就来了。咱这儿嘴馋的人真多!那些偷瓜贼趁着黑摸上来,躺在瓜垄里东瞅西瞅,冷不防抱起一个大西瓜就跑,谁能追得上?我制了一杆土枪,装满了火药,发现偷瓜的就开枪……"

大家发出"啊、啊"的声音。

"老贫管"抽出烟袋点上,慢悠悠吸几口,说:"放心吧,咱是往天上放的。咱不能为一个西瓜杀一个人哪,是不是?"

班主任一直揪着自己的大辫子在听,这会儿松开辫子,热烈地鼓起掌来。

2013 年 12 月

三辑　描花的日子(下篇)

独眼歌手

常奇是我嫉妒的好朋友,因为他是最能唱歌的人,谁也比不上。我是最早学会了简谱的人,所以非常骄傲。可是后来才发现,常奇唱歌从来不需要简谱。

他随便听人唱一遍就学会了。更可怕的是他有时连听也不要听,随口就唱,见了什么唱什么,唱什么都好听。村里人、林场和园艺场的人都迷上了他,都说:"天底下还有这样的物件,真行!"因为常奇太瘦了,大家说:"能叫唤的鸟儿不长肉!"

常奇瘦得像竹竿,脖子细得像胳膊。我有时琢磨,他之所以唱起来又响又亮,主要就是因为这细细的脖子了。这种特别的模样是天生的,所以到头来谁都拿他没办法。

平时常奇没人羡慕,因为太瘦,身上没劲,体育课、劳动课等全是最差的,学习成绩也是最后几名。可是一旦唱起歌来他就显出了本事,全班全校的人都得宠着他,连校长都张大嘴巴盯着他

193

看。

学校常搞歌咏比赛,那时每个班都拉到操场上,站成几排。这种比赛是我们班大出风头的时候,谁也别想赢我们。常奇站在头一排的中间,两眼湿漉漉的——这家伙真怪,一唱歌就这样,不过从来不掉泪,就是唱忆苦歌也不掉泪。老师为此很焦急,因为唱忆苦歌是需要哭的,常奇如果边唱边哭,那效果该有多好,可他就是哭不出来。班主任说:“你努努力,加把劲,泪珠眼看就出来了!”

常奇就是不掉泪,老师拿他一点办法都没有。我们班的另外两个绝招就是打拍子的班主任、粗嗓子的“黑汉腿”。班主任当学生时据说就是文艺骨干,来到我们学校正愁没有用武之地呢。她指挥全班唱歌那才来劲,两手一奓撒调动千军万马。那不是一般的打拍子,而是变着法儿来:独唱群唱、男女声对唱、轮唱……花样多了。再看她打拍子的功夫,那本身就让人傻眼。

一开始她只用一只手打拍子,另一只手背在身后,一只手就把事办得利利索索;等到唱到激动处,另一只手才使上;到了最高潮时,那就不是两只手的问题了,而是连大辫子也甩起来了,这时候谁能抵挡我们?

“黑汉腿”这家伙平时干什么都不认真,唯独在集体荣誉面前寸土不让。他使足了全身力气从头吼到尾,声音粗得像牛。老师说:“我们班幸亏有了他,不然这声音就不厚,就太尖亮了。”

常奇的嗓子不男不女，如果不见本人只听歌，谁也判断不出性别。他有时要独唱一段，只等老师一挥手，全班再接上。独唱是最关键的时刻，这时就全靠常奇了。可他好像全不费力似的，一双大眼湿漉漉的，不过唱出来的每个字都震得大家耳朵疼。

忆苦歌是常奇的弱项，因为他不掉泪。老师让最能哭的几个女同学站在他的两侧，这才多少弥补了缺陷。一场比赛唱下来，女同学的眼睛哭肿了，一多半的同学嗓子哑了，只有常奇像没有唱过一样，嗓音还像原来。

学校放假时，我们一帮人总在海边林子里转悠，采药采蘑菇，逮几只小鸟，碰巧还能逮到别的什么大家伙。这年夏天由"黑汉腿"提议，每次出门都要叫上常奇。"黑汉腿"迷上了唱歌，所以也就喜欢常奇。其实"黑汉腿"除了嗓子粗能吼，哪有唱歌的本事。

我们在林子里的意外收获很多。有一次草丛里落下了一只大鸟，比大鹅还大，走路慢吞吞的，好像全不怕人。于是大家就想逮到它。"黑汉腿"用一根细细的尼龙网线做了扣子，结果就勒住了大鸟。大家抱住大鸟，叫它"大宝"。"大宝"一开始"啊、啊"大叫，但不长时间就安稳下来。

常奇为"大宝"唱了好几支歌。它真的在听，一动不动地昂着头。

"大宝"的腿很粗，是黄色的，有脚蹼，可能会游泳。我们用一根粗绳小心地拴了它，牵它到河里，它果然有些高兴。我们还牵它到园艺场的广场上玩，引来了一大群人，都惊喜得不得了。

“大宝”的事很快传遍了四周，于是麻烦就来了。我们知道嫉妒的人肯定会有，但不知道那些人会下狠手。林场和村子里的几个坏孩子暗中联合起来，正计划抢走“大宝”，可惜我们一点消息都没得到，还像过去一样炫耀着，牵着它走来走去。它跟我们熟了，一点都不怕人，常奇唱歌时，它就拍打翅膀。

有一天我们牵着“大宝”去河边，躺在河沙上晒了一会儿太阳。常奇不停地唱，与天上的云雀比赛，让“大宝”兴奋得嘎嘎叫，除了拍打翅膀，还低头啄常奇的头发，常奇不得不使劲搂住它，但嘴里的歌一直没有停下来。

肯定是常奇的歌声暴露了我们的行踪。那些想抢走“大宝”的人就在半路上等我们，他们趴在沙岗上、大树后面，手里拿了棍子。可我们像没事人一样边走边唱，“黑汉腿”和我轮换牵着“大宝”。

在沙岗前，一个流着口水的小子抹着腰拦住大家，说：“喂，领头的听着，你们偷了俺家的大鹅，快把它还给我吧！”

“黑汉腿”看看大家，笑了。他回头问“大宝”：“你是鹅吗？”问过后又抬头喊：“它说了，它不是鹅，它是从关东山飞来的……”

沙岗前呼一下站起十来个人，一点点往前凑，说：“偷鹅可不行！留下鹅，要不咱打人了！”

"黑汉腿"把"大宝"交给一个人，让他抱上快跑，然后捡起一根棍子，大骂着冲上去。所有人都鼓起了勇气，抓起什么跟上去。我这时什么都不想，只想保护"大宝"，只想跟他们拼。

"黑汉腿"太凶猛了，一个人抵得上好几个，挥舞着棍子，两只眼瞪得像牛眼。对方开始还想拼一下，后来见我们不要命了，吓得转身就跑。我们喊着往前追，常奇疯了一样挥舞着手里的棍子，一边追一边大声号唱。

那群坏家伙翻过沙岗，在离我们几十米远的地方站住了。他们每个人扳弯了一棵刺槐树，站成了一排。我们知道这种把戏：只要一靠近他们就会一齐松手，这时刺槐树就借着弹力猛地扫向我们。"黑汉腿"看得清楚，他一摆手喊道："停，别往前，快停！"

只有常奇一个人往前冲，边冲边用胳膊挡着脸，大声唱着。我们喊常奇，他根本听不见，只顾往前。

常奇冲到跟前，那些人猛地松开了刺槐树。不止一棵刺槐猛地拍到了常奇身上，他摇晃了一下，倒在地上。他紧紧捂着脸。

那群人呼啦啦跑开了。我们赶紧去救常奇。

常奇手指缝里流出了血。我们把他的手小心地挪开，这才发现血是从左眼流出的……我们抬起他往园艺场诊所跑去。

就这样，常奇的左眼毁掉了。他从那时起再也不唱歌了。

老师鼓励常奇继续唱，常奇总也不吭声。又到了每年一度的歌咏比赛了，老师劝他、哄他，领头唱着。老师唱了好一会儿，常奇才轻轻地随上。就这样，他重新唱歌了。

常奇的名声后来越来越大了，全公社，不，整个海边都知道，我们这儿有个独眼歌手，他的歌天下无敌。

描花的日子

　　这里一年四季都有让人高兴的事儿。春天花多鸟多，大蝴蝶多，特别是满海滩的洋槐花，密得像小山。夏天去海里游泳，进河逮鱼。秋天各种果子都熟了，园艺场里看果子的人和我们结了仇，是最有意思的日子。冬天冷死了，滴水成冰，大雪一下三天三夜，所有的路都封了。

　　出不了门，一家人要围在一起。

　　妈妈和外祖母要描花了。她们每年都在这个季节里做这个，肯定是她们最高兴的时候。我发现父亲也很高兴，他让她们安心做，余下的事情全包揽下来。平时这些事他是不做的，比如喂鸡等。他招呼我带上镐头和铁锹去屋后，费力地刨开冻土，挖出一些黑乎乎的木炭——这是春夏准备好的，只为了这个冬天。

　　父亲点好炭盆，又将一张白木桌搬到暖烘烘的炕上。猫在角落里睡了香甜的一觉，开始了没完没了的思考。外面天寒地冻，屋里这么暖和。这本身就是让人高兴的事、幸福的事。

妈妈和外祖母准备做她们最愿做的事:描花。她们从柜子里找出几张雪白的宣纸,又将五颜六色的墨搬出来。我和父亲站在一边,插不上手。过了一会儿,妈妈让我研墨。这墨散发出一种奇怪的香气。

外祖母把纸铺在木桌上,纸下还垫了一块旧毯子。她先在上面描出一截弯曲的、粗糙的树枝,然后就笑吟吟地看着妈妈。妈妈蘸了红颜色,在枯枝上画出一朵朵梅花。父亲说:"好。"

妈妈鼓励父亲画画看,父亲就画出了黑色的、长长的叶子,像韭菜或马兰草的叶片。外祖母过来端量了一会儿,说:"不像。不过起手这样也算不错了。"她接过父亲的笔,只几下就画出了一蓬叶子,又在中间用淡墨添上几簇花苞——我也看出来了,是兰草。我真佩服外祖母。

我也想画,不过不画草和花,那太难了。我画猫。猫脸并不难画,圆脸,两只耳朵,两撇胡子。可是我和父亲一样笨,也画得不像。父亲说:"这可能是女人干的活儿。"

整整一天妈妈和外祖母都在画。她们除了画梅花和兰草,还画了竹子。父亲在一边观看、评论,把他认为最好的挑出来。他说:"这是你外祖父在世时教她们的,他不喜欢她俩出门,就说'在屋里画画吧'。可惜如今太忙了……我每年都备下最好的柳木炭。"

猫一直没有挪窝,它思考了一会儿,站起来研究这些画了。它在每一张画前都看了看,打个哈欠。可惜它趁我们不注意的时候踩到了红颜色上,然后又踩到了纸上。父亲赶紧把它抱开,但已经晚了,纸上还是留下了一个个红色的爪印。父亲心疼那张纸,不停地叹气。

外祖母看了一会儿红爪印,突然拿起笔,在一旁画起了树枝。母亲把爪印稍稍描了描,又添上几朵,一大幅梅花图竟然成了!我高兴极了,我和父亲都想不到这一点:有着五瓣的红色猫爪本来就像梅花嘛!

就这样,猫和妈妈、外祖母一起,画了一幅最好的梅花图。

游泳日

到了夏天，游泳是再平常不过的事了，我们总是背着家里人去河里、海里玩个痛快。家长不准孩子到水里去，他们害怕出事。但我们游过了不告诉他们，只说在林子里玩。可是有心计的家长会伸出指甲在孩子皮肤上挠一下，如果出现了一道白印，那就是下海了。

然后就是噼噼啪啪打孩子。

有了这样的经验，以后我们从海里上岸后，就到河里游一会儿。从河里出来后，指甲就挠不出白印了。

但是夏天的某一天是一定要游泳的，到了这一天，校长和老师带队，全校都要去海里游泳。因为这一天是为了纪念伟大领袖畅游长江，是全国的游泳日，谁都得游。那些不会游泳的人一定来自离海较远的村子，或者是女同学——她们平时学习好，骄傲，到了这一天全泄气了。

我们一直想不明白的是,为什么不会游泳的同学往往学习都好?

但是他们在游泳日是神气不起来的。我们这些水性好的人耀武扬威地在海边走,对做示范动作的老师睬都不睬。我们班主任刚学会游泳,她穿了漂亮的游泳衣,坐在沙滩上认真听讲,像个好学生。她那根大辫子静静地垂在后背,让我想到了猫的大尾巴。

我的同桌叫桂庆,因为不会游泳而焦急万分,还没等下水就比画起来,大伙都笑。他穿了长裤,怎么也不脱,估计里边没有穿短裤。我十分同情桂庆,想把短裤脱给他,与他轮换下海。可桂庆不同意。

校长在下海前讲了话,让所有同学听从指挥,一个盯一个,千万不要走失,不要出事。水性好的老师游在最前边,在那里阻拦所有的冒险者。校长最后说了这次游泳的伟大意义,说我们这些人,就是要到大风大浪里锻炼自己。

我和"黑汉腿"长时间跟在班主任后边,想找机会帮她。她一年到头教导我们,这一天倒过来,让我们教她吧。"黑汉腿"为了教得快一些,竟然两手扯住了老师的腿,一下一下分分合合,教她蹬水,结果差点把老师呛死。班主任吐了不少水,"黑汉腿"吓坏了。老师上岸休息了一会儿,再次下海时我们就小心多了。"黑汉腿"为老师保驾护航,离得稍远一点,只用一手牵住了长长的辫子。这办法真好，又安全又不碍事。结果班主任一会儿就游得好多了。

游泳这种事怪极了：总是饿肚子。我们不停地上岸喝水吃东西，吃饱了再下水。校长只穿一条短裤，和大家一样，一点架子都没有。有一次他上岸吃东西，刚吃了几口就喊："看见桂庆没有？"

我们立刻转脸找人。找不到，人太多。我们喊起来，没有回答。大家慌了。校长伸出一根手指，边跑边喊："桂庆！桂庆！你听到了吗？"

所有人都不吭声，只有校长一个人跑着喊着。

桂庆不见了。班主任第一个哭出来。校长沉着脸，命令大家手拉手在海里走，像拉网一样……走啊走啊，突然有人惊呼一声，弯腰扑到水里……真的找到了桂庆，他已经没有呼吸了，湿淋淋地被捞上来，身上穿着那条长长的黑裤。

我在游泳日里失去了同桌。

粉坊

园艺场里有一个神秘的地方,那就是粉坊。这是做粉丝的大作坊,里面一天到晚雾气腾腾,人来人往。有人不断从里面推出一车车刚做好的粉丝,一直推到远处的沙滩上,那儿有一群女工支起架子晒粉丝。粉坊门口有块大牌子,上面写着"闲人免进"。我们这些"闲人"心里非常焦急。人们说粉坊是天底下最大的,只要钻进去就出不来了。

看门的是一个麻脸老头,喜欢喝酒,我们就从家里偷了半瓶酒给他,他放我们进去了。

粉坊里最大的权威是"师傅",这个人是从山里请来的,姓丁,一天到晚不说话。园艺场和村子都知道这个人,说这家伙做粉丝的本事天下第一,这里的所有人都要归他指挥。粉丝是绿豆做成的,但是从绿豆变成粉丝,不知要经过多少关口。磨绿豆,发酵,最后做成粉丝,任何一个关口出了问题,都是粉坊的大灾难。

老丁不说话，一天到晚像猫一样思考问题。粉坊需要思考的问题太多了。

我们进去后先找老丁。问了不知多少人，才知道他在一个小屋里。推门一看，原来是个五六十岁的老头，盘腿坐在炕上，闭着眼。果然在思考。我们在炕下站了一会儿，又轻轻爬上炕，想就近看清楚一些。

老丁眉毛很长，脸上有一些斑。他手里抓紧了一杆烟袋，没有吸。他的两只大脚上穿了白布袜子，而不是一般的针织袜子。这让人想起了一个老和尚。真的像啊，剃了光头。

他听到了声音，睁眼看看我们，又闭上了。我们挨近看了一会儿，没有看出什么，就蹑手蹑脚离开了。

不远处隆隆响，原来那儿有一排大磨，大极了。拉磨的全是老黄牛，它们一声不吭走着，偶尔用那双大眼瞥瞥我们。大磨前坐了一个人，他手持木勺，按时往磨眼上倒一勺绿豆。

磨坊连接的屋子有一串水池，还有一串埋进地里的大缸。这些水池分别是浅绿色、深绿色和蓝色。在池边巡逻的人穿了高筒胶靴，十分神气。他们做个手势，让我们离水池远一点。

无数大大小小的屋子连在一起，使人不辨东南西北，百分之百要迷路。到处都漫着水汽，许多屋子大白天还要点上煤油汽灯。哗哗的流水声、咣当咣当的击打声，还有不知从什么地方传来的说笑声，让人一时不知往哪里走。后来我们干脆钻进气雾中胡窜起来。

在一个黑洞洞的小屋中,有个头上缠了黑布的中年人正在吭哧吭哧劈木头,一摞摞劈好的木头就码在一边。旁边一扇铁门哐一声被打开,原来是一个熊熊燃烧的大炉膛,他抱起木头就往炉膛里扔。这儿烤得人无法站立,我们赶紧跑开了。

从小屋刚出来,迎面遇到一个手腕上捆了皮条的人,他抱胸叉腿站在前边,见到我们就像猫见到了耗子,胡子一奓就要扑上来。我们赶紧往另一个方向跑,跑啊跑啊,好不容易才甩开了那个可怕的家伙,却不知怎么钻到了一间有落地窗的大房子里。这儿通明瓦亮,一大群人正弓着腰转圈,男男女女说说笑笑。

我们小心翼翼地往前,走到近前才发现:这些人全都斜穿衣服,将一条胳膊露在外边,大半截手臂插进了大缸中——那是雪白的面糊,散发出又酸又甜的气味。这些人合着一种节奏,不紧不慢地搅动大缸里的东西,缓缓地围着大缸转圈。这真是有趣,我们看得出神了。男男女女回头看我们,笑,议论,并不停止干活。

正看得起劲,不远处传来了粗声粗气的呵斥,好像是冲我们来的。只得再次跑开。到处都是水泥地,都是水,所以只要一跑就踢得水花四溅。跑着跑着,前边传来"哐当哐当"的击打声,还伴着"唉、唉"的呼叫。我们站了一会儿,然后小心地走过去。

老天,原来这里才是最重要的地方啊,瞧,长长的粉丝就是从这儿变出来的。长长的大屋子里一溜排开三组人马:一口大铁锅,里面是沸滚的水;锅的上方立了高高的木架,上面坐了一个挥拳的大汉,他不停地呼叫,一边叫一边狠狠击打一个有无数洞眼的铁桶,里面就流出细细的粉丝,它们缓缓落进热腾腾的锅里;一个人伸出长长的大竹筷子,不停地将粉丝拨到一旁的冷水缸里;几个姑娘飞快地用竹竿穿起缸里的粉丝,唰唰地挂到木架上……这都是一环扣一环的,他们干得欢快、紧张,根本顾不上理我们。

我们站在这儿看了许久。

天很晚了,可大家还是不想离开。我们在相连的过道和房间中窜着,只要是看过的地方就忽略过去,只在新地方停留。旮旮旯旯太多了,大概花上一整天都看不完。在一个屋子里,有人将一个大面团似的东西用粗布兜起来,然后吊到了高处。我们问为什么要吊起面团,那人哼一声:"比面团宝贵多了,淀粉!"

"淀粉"又是一种什么粉? 它可以吃吗? 看看那人凶巴巴的样子,谁也不敢再问。

我们饿着肚子拐来拐去,不知怎么走到了一间烟味很大的屋子,进去一看,原来是一个老太太在烧火。灶里的火把她的脸映成了铜色,她大半时间低头看火,看了一会儿突然慌张起来,伸出火棍急急地从灶里扒着,扒出几个黄黄的东西。

一股浓浓的香气弥漫开来。我们往前凑,还以为她在烤红薯呢,仔细看了才知道是大馒头:做成了长条形,烤得半煳,中间开花了。"哎呀,好香!"我们喊起来。老太太害怕地往门外看了看,将大馒头推进了一旁的茅草中藏了。

我们一时不想走。老太太咕哝:"馋猫啊!"一边从茅草中扒出一个,掰开,递给我们。掰去焦煳的部分,咬咬白瓤,这才觉得不像馒头:艮艮的,越嚼越香。"真好吃啊大婶,这是什么?"

"淀粉!"

原来这就是淀粉啊!原来它可以烧了吃!"啊啊,淀粉真好吃,大婶……"我们嚷着。

老太太虎着脸说:"悄声吃吧,吃了就走,别张扬!"

我们捂着嘴离开了。

去粉坊玩真是难忘。我们以后肯定还会去。那个地方太复杂了,迷路,还有手腕上扎皮条的警卫……就在我们犹豫什么时候再去时,粉坊里发生了一件天大的事。

起因是那一串大水池子出了麻烦,原来那就是发酵池,它们飘出了怪味儿。师傅老丁通宵不睡,一连几天指挥抢救,结果全都失败了。

老丁关在小屋里思考了一天一夜,第二天早晨停止思考,起身去了茅厕。

因为他在茅厕里待的时间太长,看门的麻脸觉得不对,进去一看,老丁上吊了。

粉坊停工了,所有人都急着抢救老丁。老丁好不容易才活过来。

说给星星

这儿的夏天最热，所以这儿的冬天最冷，反过来也是一样。这是海边老人说的。老人什么都知道，地下的事天上的事，他们都一清二楚。

到了夏天，我们全家每天都要在屋外度过上半夜，除非下雨，从不改变。晚饭后我们扛着麦秸做成的大凉席，一起往屋子西边走去，那儿有几棵大杨树，树下有一片洁白的沙子，我们就在沙子上铺开凉席。

为了防蚊虫，要在旁边点起一根艾草火绳，这样一直闻着艾草的香气。我们仰躺看天，瞅星星：它们大大小小，疏疏密密，摆成了各种形状。关于星星的故事，父亲知道得不多，母亲知道一些，外祖母知道得最多。

外祖母指点点，说哪些星星是牛，哪些星星是熊，还有蛇和龙；除了动物，还有武器，比如扔出的飞梭、手持的刀戟和盾牌；还有猎人、男人和女人。天上有一条大河,许多故事都发生在大河两岸。

外祖母知道的故事真多,不过一直讲下去也会讲完的。剩下的时间由父亲讲地上的事情,母亲在一旁补充。这些也有说完的时候。当他们都无话可说的那会儿,我就盯着满天的星星说了起来。我信口胡编一些故事,流利地、滔滔不绝地说下去。

他们听了一会儿,见我一直不间断地说着,都坐起来看我。我只看星星,脑子里全是关于它们的一些句子、一些故事。奇怪的是所有句子都排成了长队,等着从口中飞出来,我连想都来不及想。我可以一口气说上一个钟头、两个钟头,嘴里从不打一个磕绊。

父亲终于忍不住了,"咦"了一声,拍拍我说:"停!"我停下来。

父亲问:"你这些话是从哪里来的?"

我如实说:"它们就在嘴里,我一张嘴它们就出来了。"

"不是你编出来的?"

"不是。它们原来就有,我不过是说出来——刚说一句,下一句就出来了。这是真的。"

父亲看看母亲。母亲拍着我问:"孩子,你是什么时候有了这样的本事?"我想了想,想不出。我并不觉得这是什么本事,也不知道从什么时候开始——只是一张嘴,就不停不歇地讲起来。

他们问不出，就躺下了。外祖母不知是鼓励我还是批评他们，说："孩子讲吧，讲累了就停下歇着。"

一点都不累。我盯着明亮的星星，心里愉快极了。我又讲了起来。一串串故事相连一起，又各自独立，所有的这些都需要说给星星。这样讲啊讲啊，一直讲到半夜。

第二个夜晚还是照旧，全家人都听着——我原来有这么多话要说给满天的星星。这种事儿令我上瘾。我做得毫不费劲，连一些从来不用的词儿也吐出来了，事后想一想连自己都觉得奇怪。

父亲和母亲有一天小声商量着什么。他们对我说："你不要对别人说你有这个本领。"我说："这不是什么本领啊！"父亲板起脸说："这是本领。不过自己知道就可以了，不要告诉别人。"

我一直没有理解父亲的话。我真的不觉得这是什么"本领"。不过我从来没有对他人提起这些夜晚的事。

一个个夏天过去了，我仍旧时不时地面对星星说个不停。大约是十六岁的这一年吧，也许是十七岁，反正是这一年夏天的某个夜晚，当我再次面对星星诉说时，突然打起了磕绊。我不得不停下来——每一个句子都要好好想一番才能说得出。我紧张地坐起来，不再吭声。

父亲问："你怎么了？"

我摇摇头："我……不能说了。我说不出了……"

父亲拍拍我，让我放松："不要焦急，先躺一会儿，歇一下，也许是累了。待一会儿再试,也许……"

我躺下看着星星。这样过了许久,还是说不出。我脑海里空空荡荡。

从那个夜晚之后,我再也没有了绵绵不断、一直诉说下去的能力。它就这样失去了。这是真的,这十分奇怪啊。

岛上人家

　　海里有一个小岛，只要天晴它就清清楚楚，一座座小屋、一棵棵树都看得见。站在海边长时间望着，想着岛上的事情，心都飞过去了。可是我们谁也没有到岛上去过。我总是幻想：如果将来有机会登上那座小岛该多好啊。我不知道是一些什么人住在那儿，他们和我们一样吗？

　　家里人也没有去过小岛，他们也讲不明白岛上的情形。外祖母说以前有个岛上人来过这边，是来买苹果的："岛上除了鱼多，别的东西就不多了，所以他们常过来背回一些苹果。那边的孩子见了苹果就高兴，一人只分一个。"

　　我心里越发好奇了。我想如果有一天能到岛上去，一定会带上许多苹果。

　　就因为海边没有通往海岛的客轮，所以两边来往的人很少。岛上人要来这边，只好驾打鱼的船过来，而且要等风平浪静才行。

据说从海边到小岛的这片大水中藏了一条"海沟"——就是海中的大河,它流得太急了,没有最好的驾船技术,谁也过不了这条大河。

父亲听我不止一次说起小岛,就咕哝道:"我非去不可。这辈子不登一次小岛可不行。"他的话让我高兴极了,我知道他不会一个人去的。

谁也想不到机会说来就来。这个夏天放假的第一个星期,父亲说林场让他跟一条大船往岛上送木头,同去的还有几个人。我高兴坏了,马上嚷着要去。父亲很作难,说这事还得跟领头的商量。妈妈看看我,问谁是领头的。父亲说:"红胡子。"我们都认识这个长了棕红色络腮胡子的人,觉得这事大概不难。

"红胡子"真的同意带上我。临行前我想起了外祖母的话,到园艺场买了一篮苹果。

装满了木头的船离了岸,直朝着那个小岛驶去。想不到大海深处这么蓝、这么好看。海鸥一路跟随我们嬉闹,看样子要一直护送到目的地。"红胡子"站在船头喝酒,一会儿又向海里撒尿。他高声大喊:"老天,瞧这家伙!"我们几个人听到喊声赶忙跑到船头,看到有几只燕子似的鸟儿从水中钻出,箭一样射向远方。"红胡子"指点着喊:"看到了吧,这是飞鱼!"

我生来第一次看到"飞鱼",有些激动。"红胡子"要灌我一口酒,父亲阻止了他。这条水路看上去更长,那个小岛总也走不到。大船一直平稳地向前，海里没有一朵浪花。

花了一个多小时，船靠岸了。啊，全是一色的海草小屋，屋墙是黑色石头垒成的。一些人早就等在岸边，他们与"红胡子"打着招呼，要登船卸货。一块宽宽的木板搭到船舷，有人上来，有人下去。父亲把我小心地领下船，又反身回船干活。

因为卸船比较慢，到了半下午才把一切收拾好。岛上人把一些杂七杂八的东西装到船上，天已经有些晚了。岛上人要我们过一夜再走，"红胡子"一点头，把我高兴坏了。

岛上人让我们分开住进几户人家。我和父亲住在一位大婶家里，她男人出门打鱼去了，只和女儿在家。小姑娘比我小一岁，叫"香香"。我把一篮苹果给了她们，她们高兴得合不上嘴。大婶抓起一个苹果嗅一嗅，递给女儿说："咱岛上一棵苹果树也没有。香香快谢大哥哥。"

晚饭吃了煎鱼和玉米饼。父亲吃得很多，我也一样。太好吃了。饭后又端上一大碗凉粉，原来是一种海草做成的。一会儿"红胡子"就过来串门了，喷着酒气说："这么好的鱼，没有酒多可惜！"大婶看着我，说："这孩子第一回来岛上，看那个高兴。反正放假了，就让他在家住几天吧，孩子他爹三两天回来，去对岸时捎上就是！"

我激动得一颗心怦怦跳，只等着父亲开口。"红胡子"拍着父亲的肩膀说："这还不是小菜一碟？"

216

我留在了岛上。这是做梦也想不到的美事。父亲临行前一遍遍叮嘱，又对主人家说了一堆感谢的话。

我远远看着运木头的大船开走了，就兴奋地跳了一下。香香拍着手说："想不想去礁上？"我听不明白，但马上就点头了。

原来"礁上"就是海岛东部的一片石头，伸在海里，上面有一座高高的灯塔。香香说："天一黑它就亮了，一闪一闪，告诉海里的船，这里是俺的岛。"我仰望白色的灯塔，无比神往。香香告诉我：看灯塔的是一位老人，七十岁了，就住在下边的小屋中，他时不时登上十几层高的灯塔，为它擦玻璃、换电池。

我和香香绕着海岛转了一圈，花了大约一个小时。在海边的一片石头那儿，香香顺手捉了两只大螃蟹。我也像她那样翻动石块，却看到了一个浑身是刺的黑东西，它慢慢地活动着。香香喊："哟，海参呢，这东西可有营养了，我们这儿都说'小孩吃了鼻子流血，大人吃了身上长蹄'……"

她的话让我糊涂："长蹄？像牲口那样长出一只蹄子？"香香哈哈大笑："不是，肯定不是。大概是说吃了有劲，像牲口一样能干活吧！"

我们将螃蟹和海参带回家。晚餐时我和香香每人吃了一只螃蟹。大婶吃了那只海参，说："我不怕'长蹄'，我吃。"

我在岛上住了三天。这三天比三十天还有意义。大婶每天夜里给我讲岛上、海上的故事，这和对岸的故事全不一样。香香白天领我到海边，一起采海螺和牡蛎。我们三天来采的所有海螺和牡蛎都养在缸里。

第四天打鱼的男人回来了。正好这一天他要去对岸，就将我捎上了。临走时大婶把我装苹果的篮子塞满了海螺和牡蛎。香香不说话，眼睛湿了。我也想哭，但哭不出。我对香香说："明年夏天我一定送苹果来。"她说："嗯哪。"

从海岛回来以后，我就是见过世面的人了。同学们争先恐后向我打听岛上的事情，我很骄傲。

大水

下大雨的时候多好啊,不停地下,屋檐的水像瓢泼一样。除了大雨的声音,什么响动都没有了。林场园艺场、村子,所有人都躲在家里,站在窗前看大雨。远远近近都在水雾中,都在老天爷的大喷壶底下——这比喻是外祖母说出来的,真好。

可是当大雨一连下了三天的时候,全家人都害怕了。这三天雨水急一阵缓一阵,最后是更猛的浇泼,"哗哗——哇哇——"像某种大动物的嚎叫声。"这雨什么时候才能停啊,老天爷,老天爷发脾气了。"外祖母盯着窗外的雨,小声咕哝着。从早晨开始,我们全家人一直站在窗前。

第四天雨停了,天还阴着。偶尔还有小雨落下。第五天、第六天都是这样,雨并没有走远。

因为我们家住在林场旁边,是地势较高的沙岭,所以开始并不知道大雨的后果。当我在雨停后踏过院子的积水,一直走出去时,立刻吓了一跳。

原来无边的原野成了一片大海,庄稼地不见了,大树泡在水里,远处的村庄像一条条船紧挨在一起。狗在遥远的地方叫着,有气无力。看不到鸟,看不到任何动物。它们肯定是逃走了。

我们一家被大水困了好几天。妈妈说我们家幸亏积存了一点玉米面和芋头、红薯,不然非饿肚子不可。就像和这场大雨较劲一样,外祖母在锅里堆满了好吃的东西:芋头、红薯和蔓菁,空隙里放了泥碗,里面有咸鱼;在杂七杂八的吃物上方,还做了一个个玉米饼。灶里的火点旺了。今天烧的是大块的木柴,因为这一大锅东西需要好好蒸煮。

父亲一直在院外忙着。他将屋子南部筑起了一道草泥矮墙,并且在墙外掘了一条小渠,将逼近的水引到远处。原来就在我们暗暗庆幸大雨停息的这几天里,原野上的大水不仅没有一丝消退,反而变得更加盛大了,它们竟然涨了许多,父亲在一棵树上做的标记已经被覆盖了。

妈妈和父亲一起干活,我也加入进来。妈妈说:"我们的小屋没有石头根脚,大水泡上三天非垮不可。"她的声音里透着害怕。父亲一声不吭,眉头紧锁。他用力挥动铁锨的样子告诉我们:决不允许大水泡垮小屋。

我们干了半天,院子南部的水不再紧逼了。父亲挂着锨遥望远处说:"大概是上游的水库决堤了,河道满了,要不才不会这样。"妈妈也同意父亲的估计。

果然不出所料。几天后一些背枪的人、穿了蓑衣的人从村子和林场转过来，四处看了一会儿，又进了我们家。他们对父亲说："快出工去吧，正加紧排水。南边水库决堤了……"我们这一带离海不远，照理说是不会被淹的。可是因为水来得太多太猛，原有的河道和水渠都不够用；更要命的是，一连许多年没有这样的大水了，河口和渠头都被沙子淤塞了。这些道理都是妈妈和外祖母讲的。

她们不让我出门，说大水漫成这样，什么危险都会发生，在家里吧，在家吃大蔓菁。

大蔓菁平时吃不到，它像馒头那么大，圆圆的白白的，谁也想不到就长在地里。它蒸熟了就像大馒头一样，一边还有微微烤煳的痕迹。咬一口大蔓菁，又香又甜。

吃过半个大蔓菁人就饱了，最后还想出门。已经好几天不见同学了，他们一定像我一样困在屋里。不过我想"黑汉腿"这家伙不会那么老实，他的水性好，人也皮实，说不定早就跑出去了。

又过了几天，大水消退了一半，庄稼露出了秸秆。父亲说：这些作物泡过这些天，全都不中用了。

太阳又变得热辣辣的了，各种鸟、各种走兽都出动了。野地里有了奇怪的鸟叫，外祖母侧耳听了听说："这是大水鸟，只有发大水它们才出来。"有的叫声连她也没听过，就说："那大约是新生

221

出的什么,水一大,没见过的动物就会爬出来,就是这么怪。"

父亲每天和排水队干一整天,回家时会捎来几条大鱼。这是干活的收获,那些大鱼突然多起来,人们顺手就能逮住它们。家里有了鲜鱼的味道,这真是好极了。妈妈说:"吃上这样的大鱼容易吗?这是用满泊的好庄稼换来的啊!"是啊,不过大鱼真好吃。

水进一步消退,同学们纷纷出动了。他们来约我,妈妈没有办法只得放行,但反复强调不要下水。我保证不下水,可是大鱼的红翅在水里闪烁,像金子一样耀眼,不下水怎么忍得住?

我们在河汊里、水渠里捉鱼,大鱼小鱼全要,弄得浑身污泥。我们逮的鱼可真多,除了拿回家之外,还送给校长和老师。

校长和老师一个劲批评我们不该冒险下水,但始终笑得合不上嘴。他们欢天喜地地埋怨,让大家觉得受到了表扬,所以第二天干得更起劲了。我们照旧送给校长和老师大鱼。

那场大雨让整个海边换了一个世界,直到两年以后还能见到一处处水湾。村里老人说:这是因为天上的水和地底的水接起来了,两种水握了手,"水力"就大了。这使我们明白:万物都有"力",这"力"有增有减、有强有弱。

在突然变得强大起来的"水力"中,只要是水生植物就高兴,比如那些水蓼长得旺盛极了,一眼望去全是粉红色的水蓼花。水鸟真多,连从未见过的金翅鸟也出现了。捉鱼的人多,田边地头小路,随处可见手提渔网的人。

一群群孩子趴在水湾里,他们从小戏水,已经和鱼差不多。村里人这样称呼他们:一群小水孩儿。

月光

　　最不能忘的是月光。只要是海边的人就忘不了它，别的地方咱不敢说。因为海边地场开阔，一望无际，什么也掩不住挡不住，它可以随意铺开，照得浑天浑地一片黄灿灿亮堂堂。大月亮天里，谁还会待在家里。

　　一年四季都有好月光，什么月光派什么用场。比如冬天滴水成冰，大月亮天里我们会去南边村子里打架，在巷子里跑得浑身冒汗。那样的夜晚真棒，孩子们会组成不同的队伍，各有领头的，一个命令发出，战斗人员纷纷埋伏，有的钻进马车底下，有的趴在矮墙头上，有的钻进草垛里，还有的贴紧了牲口伏紧。对方做梦也想不到这边的兵力会这样部署，不等着挨揍才怪。

　　大雪一连半月不化，雪球就成为最好的武器。敌人一旦出现，雪球箭一样射去。大股敌人逃得没了影，只逮住几个散兵游勇，教训他们的办法就是把雪球硬塞进衣领。他们像烫着了一

224

样，单腿蹦着跑开，一边跑一边骂人。

夏天的月亮天要去海边找看鱼铺的老人，这些老人在月亮刚出来的时候就开始喝酒，撂下酒瓶就胡说。月亮地里听一些鬼怪故事最吓人，实在吓得受不了就钻到海里。我们在等海妖，它们常常趁着月光出海。

海边上所有的老人都是我们的朋友。他们讲故事给我们听，我们就偷西瓜给他吃。他们越吃越馋，怂恿我们去园艺场偷樱桃和杏子，去田里偷青玉米和花生、红薯。东西偷来了，老人和我们分吃果实，然后动手煮东西，抓一大把盐撒进锅里。

我们每人喝一点酒，坐在铺前看海滩的热闹，像水一样的月光在远处草叶上浸了一层，许多小动物都出来了：那个拳头大的东西是沙鼠；一挪一挪半滚半爬的是大刺猬；有什么扑啦啦从高处下来，那是猫头鹰；有个黄黄的家伙悄没声地、一颠一颠地跑过来，越跑越快，那是狐狸……

秋天最爱去的地方当然是园艺场。各种果子都熟了，香味顶人的鼻子。看园人装模作样背了枪，其实里面没有子弹——这是老场长下的命令，因为看园人个个脾气坏，见了偷果子的人真的会开枪，所以只让他们背空枪。这些人狡猾无比，白天睡觉晚上守夜，披一件破大衣趴在树杈上，等鱼上钩。

我们对付看园人有很多办法。先伏在地上看清楚，明晃晃的月光下如果不见黑影，那么他们就是藏在树上了。这是最让人头疼的事。我们会分成两帮,有人故意在园子一边弄出些动静,把看园人从树上引下来,这边再动手。摘了一大包桃子和苹果,撒腿就往林场跑。我们总是在大橡树那儿会合,痛痛快快享受一番。

春天满海滩的洋槐花都开了,它们白天让太阳晒了一天,夜晚就在月光下使劲播散香气。这香气把所有村庄都灌满,让全村的人不再安分。平时天一黑就要睡觉的老头子们失眠了,提着裤子出门,一边系着腰带一边盯着月亮咕哝。一群群孩子在街道上嗵嗵跑,老头子们吆喝起来,认为就是这群孩子惹得他们无法入睡。

槐花的香味要笼罩二十多天,其中有半个多月是最浓的。这样的日子当然是以玩为主,一到夜晚,村里人东一簇西一簇,迟迟不愿回家。我们在街上窜了一会儿觉得没意思,就会一口气窜出村子,跑进海滩,来到一大团一大团的槐花跟前。

花开到了最盛的时候,一球球坠下来,树枝都快压折了。一些小飞虫也舍不得这么好的花期、这么好的月光,它们正忙碌不停。

有一天晚上我们一群正在海滩上玩,因为玩得太久,肚子咕咕响,就揪着槐花吃起来。吃饱了肚子躺在热乎乎的草地上,看着大飞蛾从眼前飘来飘去……这时都听到了脚步声和说话声,循着树隙找人,看到一男一女两个人——男的背着手,女的不停地甩辫子。

原来是校长和我们班主任。

我们都有些害怕，虽然什么坏事也没做。心嘭嘭跳，没有办法，在这种地方见到他们，好像犯了错误似的。我第一个从草地上跳起来，立正站好。

校长和班主任吓了一跳。他们踉跄了一步，看清是我，就说："哦。"

我嗓子有些不对劲，吭吭哧哧："我们，并不是总这样的……我们主要是在家里写作业……"

几个同学也站起来，不好意思地挠着头，不敢看校长和班主任。

校长背着手踱了两步，说："适当的休息还是必要的。我们备课累了，这不也出来散步了吗？这月亮多好，槐花多好……"

他们扯了几句，让我们注意安全等等，就往回走了。

我们一直注视着他们的背影，直到再也看不见。大家重新欢快起来，胡乱揪几把槐花填到嘴里，在树隙里奔跑，大声喊着：

"这月亮多好，槐花多好……"

名医

有一段时间我立志要做医生,而且很快觉得自己是一个医生了。这事起因比较复杂,虽然能找到具体的缘由,但说实话,我觉得自己天生就该是个医生。

一个人要做什么,一般都因为接受了别人的影响。我生病的时候妈妈就带我去看病,最常去的当然是园艺场门诊部。可是有时候怎么也治不好,比如咳个不停、皮肤上生了发痒的红疙瘩等,妈妈就会领我过河,去河西一个大村子里找一位名医。

名医的名字很怪,不像人名,叫"由由夺"。大家都这样叫,也就没人觉得不对。后来我独自揣摩他的名字,觉得奇怪。也许名医才配有这样的怪名吧。反正"由由夺"是海边最有名的医生,他绝不像园艺场门诊部那样量体温、打针,给一包包的药片,而是用另一种方法。妈妈说:"这就是'中医'。"

"由由夺"总是先让我伸出舌头,看一会儿,又让我伸出胳膊,用三根手指按住手腕。我趁这工夫看清了他的手：指甲圆鼓鼓的，比一般人长，但是很干净。我相信自己的全部秘密都被这只手给探去了，什么也别想瞒过他。

我们从这儿取走一小袋粉末、一瓶黑乎乎的药水，还有三包草药。看看妈妈欢天喜地的样子，我知道自己的病好了。

回家后按"由由夺"的叮嘱吃药、擦药，第一天好了一半，第二天全好了，第三天好上加好。这不是名医又是什么？这个神奇的人就在河西，是谁也不能怀疑的事实。

我被"由由夺"治好了十几次病。

外祖母由河西名医说到了另一个人，他就是过世的外祖父。外祖母不太说他，因为害怕自己想得厉害，就使劲压到心底。可是这次她实在忍不住了，说："要是你外祖父在多好，他是远近闻名的名医啊，这点小病对他不算什么，唉！你外祖父……"

妈妈也叹息，说："咱家没人接下他的手艺，真是……"

妈妈抹起了眼睛，外祖母没有。外祖母很少掉泪——妈妈说外祖母"眼硬"。

就在那些日子里，我认为自己应该是一个医生。我暗暗思考这个问题，并没有告诉家里人。奇怪的是我最先想到的不是找人拜师，不是学习医书，而是觉得自己差不多已经是个医生了。

我思考了五六天，然后就决定当一个医生。从此以后我就以医生的眼光看待周围的一切，也以一个医生的身份要求自己了。

我对所有生病的人都特别关心，不止一次陪感冒的同学去门诊部。我对他们说："得病了最好找名医，实在不行了就去河西。"

"由由夺"这个名字不少人知道。我发现园艺场和村子的人也去河西。我对同学们说："我其实就是一个医生，不过不想告诉别人，也希望你们为我保密。"他们瞪大了眼睛。我们一起到林子深处，在一块隐蔽的空地上谈论秘密。他们最急于知道事情的来龙去脉，因为从我严肃的表情上看，这绝对不是玩笑。

我直率地告诉他们：我的外祖父就是一位名医。

"啊，原来是这样！那后来又怎么？""二九"恍然大悟地问。

"后来，"我抿抿嘴，"后来我也做了医生。"

"可是没见你给人看过病呀！"旁边的同学像是焦急，又像是埋怨。

我眯上眼睛看看远处，点点头说："会的。"我接着给他们一一号了脉，又看了舌苔。"我有什么病啊？"他们胆虚虚地问。我说："还没有很重的病，不过以后也许会有的，发烧、咳嗽，这些总会有的。"他们张大了嘴巴看着我，问："那怎么办？你会治吗？"我摇头又点头："当然会。不过在我上学这一段，他们是不会让我开药的。我给你们看了，你们还得去门诊部拿药。"

同学们很是惋惜。

我再次嘱咐他们为我保密，大家就分手了。

我自制了一个小药箱，把家里所有的药片、碘酒和紫药水之类的都装进去。我上次得病没有喝完的一小包草药也收在了里面。"由由夺"用来抹皮肤的黑药水很像某种草木烧成的,这就是草药。我把自己最喜欢的几种野花研成了粉末,又把一些根茎烧成了灰,分别装在了小瓶中。

有一天我的食指被蜂子蜇了一下,又痛又痒,就用自制的药水抹了。两天之后手指好多了。这使我信心倍增。还有一天我的脚被碰疼了,照例也抹上药水,结果当天就不疼了。我觉得自己的医生生涯就这样开始了,于是去林子里总是不忘背上药箱。

大家被荆棘扎了、不小心碰了哪儿,过去都不会在乎,现在就不同了,有了医生,自然个个都变得娇气了。"黑汉腿"也许是故意的,刚玩了一会儿就被槐刺扎破了手,一边大叫一边跑过来上药包扎。另有一个女同学被百刺毛虫蜇过,差不多要哭了。我安慰她,号过脉看过舌苔,用野花根烧成的炭水给她细细地搽了三遍。她马上笑了,说:"这药真管用。"

世上的事情就是这样,越是需要保密的事情越是容易走漏。就在一切顺利的时候,麻烦事来了。先是外祖母把我的药箱没收了,接着又是父亲不无严厉的训斥。他说:"胡闹。这是乱来的吗?"我心里的委屈太大了,但又觉得一时说不清。我只想对父亲大声说明:我已经是个医生了。

最让人难堪的是后来班主任找我谈话了。她说:"咱们谈谈你当医生的事吧……有这种志向是好的,但这要毕业以后、经过专门的培养。你先把功课学好吧。"

就这样，一位名医被扼杀在了摇篮之中。

战蜂巢

在海边生活，勇敢是最重要的。这里祖祖辈辈都崇尚勇敢，有讲不完的故事。最勇敢的人都生活在很久以前，听村里老人说，这一带出过徒手杀狼的人；还有人去河里游泳，被一条恶龙缠住了，他火气上来，一顿拳脚打死了恶龙。勇士们有名有姓，想不信都不行。

现在的人是胆小鬼，天黑了都不敢出门。好在海滩林子里没有了凶猛的野兽，也不再需要那么多勇士。我们现在时常想念那些大个头的凶猛野物，可惜它们全被老一辈的勇士杀光了。就凭这一点也可以断定，过去的那个时代里勇敢的人实在太多了。在学校，在许多场合，更不要说书上了，总是号召大家"勤劳勇敢"——"勤劳"好说，"勇敢"可就难办了。

我们一伙人在海边林子里游荡，总想"勇敢"起来。爬到很高的树上往下跳，赤着脚穿过荆棘丛生的灌木林，这些都干过。在伸手不见五指的黑夜，只要腰上别一把木头手枪，我们就敢到最密的林子里。海上拉鱼的头儿人人都怕，追打我们是常事，大家就鼓起劲儿对付他。我们设法把他的烟斗偷走并扔进海里，往他的酒瓶里放了两只辣椒；最后还狠狠心，把一只排球那么大的刺猬拴在了他的被窝里……

林子里最可怕的是遇到大个的蜂巢，它悬在枝头，上面爬满了大马蜂，看一眼都让人心跳。我们只要遇到蜂巢，一定会轻手轻脚地绕开走。可是近来一段时间我见了蜂巢手就发痒。有一天又见到这样的蜂巢了，大家吸一口气赶快躲开，我却偏偏凑近了看，看了一会儿对他们说："我要把它打下来。"

都说我吹牛。有的说："那得穿上厚厚的棉衣，再把脸和手罩起来。"有的说："你要用火烧？林子里是不准点火的。"我说："我只用一根棍子就行。"

那时我什么都不想，只想两个字：勇敢。我找了一根又粗又长的棍子，在手里掂了掂，让大家到远一些的地方藏起来。大家吓得大气不敢喘，赶紧跑开了。刚跑开一会儿，又有人追在我身后喊："喂，算了吧，马蜂会把人蜇死的——以前真有人被它们蜇死……"

我这时不由得站下来，头皮有些发紧。我想起了以前林场发生的事情：一位老工人不小心碰到了一个马蜂窝，结果活活被蜇昏了，送到医院都没有救活！可我怎么办？这会儿就扔了棍子？

那可不成。我咬紧牙关,继续往前走。我说自己不光不怕,还要为那个老工人报仇呢。

追我的人逃开了,钻到了远处的灌木丛中。

我站在蜂巢下看了看,觉得那是一颗随时都会爆炸的大地雷。它黑黑的模样也像地雷。我又回头看看他们,发现所有人都在远处隐蔽了,其中的几个正好奇地伸出头往这边看呢。我不再迟疑,一只胳膊蒙住头脸,另一只胳膊狠狠挥棍,只几下就打掉了蜂巢。

遮天蔽日的马蜂扑向我。我夺路而逃,迅速倒在一片沙地上滚动,两手扑打,并寻机钻入一丛灌木下边……我不知被蜇了多少次,已经来不及疼痛,只是搏斗。我两耳灌满了马蜂的嗡嗡声。

不知过了多久我才敢睁眼去看:灌木上方只有零星的马蜂在飞。我钻出了灌木,喊着:"快出来吧,胆小鬼们!"

大家都从角落里爬出。他们迅速围上我。"哎呀,瞧这里、这里!""脑瓜和脸都蜇了……痛吗?"我这才感到阵阵难忍的痒痛。可我没哼一声。我对他们说:"没什么! 我要为那个老工人报仇!"

"哎呀,那会儿马蜂滚成球,你跑哪儿它们都紧紧跟上,我还以为这一下完了……""你跑得真快,幸亏在沙子上滚,要不……"他们还在惊虚虚地议论。

我痛得难忍,只想快些回家。有人提议到门诊部看一下,我拒绝了。我说自己一点都不在乎。

回家后外祖母吓坏了。她没来得及问什么，就从一个旮旯里找出了药水给我涂抹。共有七处蜇伤，三处在脸上，两处在头发中，脖子和胳膊各一处。这药水凉凉的，但仍然无法抵挡火一样的伤痛。我说："我最恨马蜂了。它有一年蜇死了一个林场老工人。可我不怕，我把它打下来了。"

外祖母叹气，一边抹药一边说："马蜂过自己的日子，只要不招惹就不伤人。蜂巢是它们的房子，要花多少辛苦才建起来。你毁了它们的家……"

我低头忍住，一声不吭。

尽管我的脸肿得像南瓜，但疼痛已经减轻了许多。第二天上学校，老师和同学们一片惊讶，都问这是怎么回事，我只说不小心被马蜂蜇了。

我的脸一直肿了好几天。不过疼痛越来越轻了。这几天里只有一件事是让人高兴的，就是上体育课——打篮球时我变得空前厉害了，原因是当我运球时，那些过来阻拦的人一看我肿得变形的脸就忍不住笑，大概还有点害怕——反正他们全都走神了，谁也拦不住我。

事后有的同学告诉我：你自己都不知道，你一边拍球一边盯着我，那模样要多吓人有多吓人啊。

笼中鸟

　　林场老人养了鸟，一只只大鸟笼挂在树上。他们坐在一旁，一边听鸟唱歌一边下棋，还要提防我们——只要我们挨近了鸟笼，他们就吹胡子瞪眼。可是那些鸟总是把我们吸引过去。

　　它们有的叫画眉，有的叫黄雀，都能唱，看样子在竹笼里待得不错，有吃有喝，在架子上蹲一会儿，又到笼底的细沙上打个滚。这些会唱歌的鸟都是从集市上买来的，鸟笼也是。

　　我们到集市上找过，发现鸟市上鸟儿多极了，最多的是画眉和黄雀，还有黑八哥，这家伙会说"你好"之类。有一只黑八哥还会说"真烦人"。小鹦鹉、百灵，另有一些叫不上名字的鸟。鸟笼大大小小，比鸟还贵。我们转了一圈才明白：除了林场老头们，大概没有谁会买得起。

　　从鸟市回来有些沮丧。大家商量动手做鸟笼，只要有了鸟笼，找一只鸟大概是不难的。我们弄来一些竹片和柳条，不知费了多少工夫才做成一个，最后却发现没有留门：无法将小鸟放进或拿出。

总算有了一个大鸟笼，却不像正规的鸟笼那样是穿插镶制的，而是用细铁丝和麻线扎成的。好在它足够结实。

去哪儿弄鸟？最方便的是逮几只麻雀。夜间用手电照到屋檐下的麻雀，它傻傻地转头，就是不飞，被我们乖乖地捉住，塞进鸟笼里。可惜它们不会唱歌，还特别爱生气，水米不进，眼看活不了几天。没有办法，只好放飞它们。

后来又逮来燕子、蝙蝠，都不吃东西。有个同学不知从哪儿搞来一只大鸟，真够大，灰翅膀，大圆脸，头顶上还有两只耳朵——"老天，这不是猫头鹰吗？这家伙能养吗？"我端量着，特别喜欢它的眼睛，这眼睛真亮啊。同学说："试试看，它不生气也不怕人，大概能行。"

我们商量着轮流饲养，每人一星期，食物大家提供：猫头鹰吃肉，最爱吃老鼠。我们积极捕鼠，猫捕到了老鼠也一定夺下来。

最先将鸟笼提回家的是"黑汉腿"。他多么高兴啊，可是刚过了一天就哭丧着脸提回了鸟笼，说："俺爸要揍死我。""为什么？""俺爸说它叫得太难听了，半夜叫起来，村里会死人的。"

我听了有些害怕。看看笼里的猫头鹰，发现它安安静静，一双大眼亮闪闪的。这么好的鸟谁也没招惹，怎么会让村里人那么讨厌和害怕？我们家离村子远，那就一直养在我们家好了。

大鸟笼挂在小院的杏树上。猫很快盯上了它，盯了一会儿就爬上树，不时将爪子伸进笼中。猫头鹰急急蹿跳。我呵斥猫："你老实点！你太不懂事了！你长了翅膀不就是它吗？你嫉妒人家会飞！"猫抿着嘴，瞥瞥鸟笼，显然不想罢休。

为了防猫，我在杏树上系了一根铁丝，将另一端拴在一个木柱上，在铁丝中间悬挂了鸟笼。这一下猫没了主意，只有张望的份儿了。

全家人在鸟笼跟前看着，都是欣喜的模样。外祖母甚至喂了它一小片肉。晚上，吃饱喝足的猫头鹰不再安分，在笼里扑腾，让我一夜都没睡好。第二天晚上仍旧如此，不同的是它终于叫起来了——那声音古怪极了，让人听了头皮发紧。我听见父亲和母亲都醒来了。又待了一会儿，外祖母点亮了屋里的灯。

天亮了。父亲把我叫到一边，小声商量说："孩子，咱怎么办？这鸟倒是不错，不过它一叫，你外祖母就点上灯坐着，再也不睡了。"

我不吭声。我心里明白，这里遇到的问题和"黑汉腿"那儿是一样的。事情明摆着，好像别无选择。

这一天我和同学们商量了一下，把笼中的大鸟放掉了。

打铁的人

比起林场和园艺场,更不要说旁边的五七干校了,论好玩和有趣都比村子里差得多。比如经常在村里窜的焊洋铁壶的、修钟表的、磨剪子抢菜刀的、打铁的……这些人从不到别的地方去。

他们是干什么营生的,一进村子都知道了:如果一阵嘶哑低沉的号角响起,那就是焊洋铁壶的来了;修钟表的人敲铜板,叮叮当当;磨剪刀的一进村就扯开嗓子大喊;只有打铁的没声没响住下,忙着垒灶生火。他们一来就不是一两天的事,所以也就不急着宣布了。

所有的营生都好看,有时甚至不差于看电影。这真是神秘的手艺,而且谁家都离不开。比如钟表坏了,不修能行吗?铁壶漏了,不让人焊能行吗?

钟表家家有,如果没有,除了老人谁也没法知道时间。老人看看日头就明白处于一天中的什么时候,晚上看星星也行;最神奇的是有时看一眼树,也大致能知道一点时间。外祖母在锅里做玉米饼,点上火后就看看门口的树,过一会儿再出门看几眼,说一声"熟了",掀开锅盖总是香喷喷的。我对妈妈说过这种怪事,她说外祖母看的是树的影子。

钟表坏了就等于时间坏了,就得赶紧修理。每家都有一架钟表摆在柜子上,可是它坏了时,钟表匠就得把它打开。老天爷,那么多大大小小的齿轮,谁看了都得眼花!我们一伙最爱看的就是修钟表了,从头盯住每一个细节。我觉得全世界最大的科学都在钟表中,弄懂了它的运转,其他的再也难不倒人了。

钟表师傅将这里戳戳,那里拧拧,点一滴油,伸手拨弄几下——所有齿轮突然转动起来,一把小而又小的锤子就"咚咚"地敲起来——这是世上最动听的声音了,让人听了心醉。

焊洋铁壶和磨刀剪也是了不起的手艺。焊匠手持一把小小的烙铁,烧得通红,然后在什么油膏上蘸一下,又在一块发青的铁块上摩擦一小会儿,一个珍珠似的东西颤颤悠悠挂上烙铁,又飞快在铁片上一抹,铁片就被焊住了。至于抢刀,那得有多好的家伙啊,同样是铁做的,一块铁就能把另一块铁一层层削下来!"为什么菜刀是铁,就怕另一块铁呀?"这是我们总要发问的问题。抢刀师傅回答:"因为这是'抢子'。"这等于什么都没说。可见凡是秘密,要打听出一点真难。

不过说来说去还是打铁最耐看。因为这是一伙人,住上几天

241

不走,我们还能钻进他们的铺子里玩。究竟住上多少天,那要看村子里的活儿多不多。记得有一次这伙打铁的一口气住了二十多天,那是因为秋收快到了,每家每户都要锻一两把镢头和镰刀。

打铁的装束和常人不同,他们一色黑衣蓝衣,干活热了脱下来,里面还有一件套头的衫子。平头,黑脸,红眼——这是火眼金睛,这种眼与别人不同,能看清煤火里的铁。这和烧红薯差不多,烧不熟就不软,就没法咬。咬铁的不是嘴巴,是锤子。

他们干活时扎一块黄布油裙,有时脚上也扎一块。通红的铁块夹到砧子上,一锤下去火花四溅,一团团落到脚上,冒着白烟。这些人最少需要三人合伙才成:拉风箱的、抢大锤的、掌小锤的。谁的锤子小谁就是老大,人人都得听从老大。那个风箱是最大号的,我们试着拉过,拉不动。拉风箱那个人胳膊粗粗的,膀子上有棱子肉。他们个个力气忒大,不说话,只干活。

看他们吃饭最有意思:烧铁的灶也用来煮饭,上面放个小锅就成了。他们永远只吃同一种饭,就是"玉米鳖"。这种食物好像只有打铁人才吃。

"玉米鳖"的做法简单极了:和好一盆玉米面,等锅里的水开了,就往里投杏子大的面团,一边用勺子搅着,一会儿就熟了。他们蹲在地上吃饭,吃得可香了。

我们一直站在旁边看,看到吃"玉米鳖"就馋起来。那香味总往心里钻。后来我们终于能够尝一碗了——吃过这种食物之后,觉得全身都是力气,什么都不怕了。这使我们明白打铁的人为什么那么厉害,原来靠吃"玉米鳖"啊。

铁砧旁有一间草棚,是玉米秸搭的。地上铺了厚厚的麦草,又软又暖和。这让人一下想到了海边的鱼铺,那也是好玩的地方。这两种地方的最大不同是,一个发腥,一个有着浓浓的煤火气。

草铺不大,躺下很挤。我们紧挨着他们,他们就咕哝:"小孩子身上三把火,烤得人不行哩。"我们逗他们讲故事,知道这些人走南闯北,故事一定多得不得了。可惜他们话不多,说不出什么。打铁人最大的毛病就是没有故事。

但他们会做"玉米鳖",还能将最难对付的铁块变成器具。有人提来一根铁棍、一把生锈的门闩,让他们做成锄头或镰刀。他们拿在手里掂一掂说:"成。"有人提来一串废铁轮子,他们接过去一看说:"这个不成,这是生铁。"原来铁也有"生"有"熟",像苹果一样。我们问:"烧一烧不就成了熟的?"他们不屑于回答,嘴里发出:"嗤。"

将一根铁棍变成镰刀,整个过程真不简单。光做成镰刀的模样还不行,还要"加钢"——"钢"是更硬的一种铁,就放在一旁,烧红了截下一点,加到镰刀刃子那儿。这样镰刀才会锋利。

我们一连看了几天,有了一个大主意,各自从家里找了一些废铁提过去。等四周的人散去时,我们就对打铁的人说:"给做一支枪吧。"拉风箱的看看老大:"这活儿不能接吧?"老大停下手里的小锤,瞥瞥说:"有什么不能接的! 不过得先找来一截枪筒,没它可做不成。"

我们很想像民兵那样背一支枪,可惜这愿望总也没有实现。

打人夜

如果演电影的许久不来，大家就盼啊盼啊，却盼来了忆苦会。听忆苦会也不错，不过还是没有看电影好。如果遇到忆苦能手就好了，可惜最好的忆苦人都被外地请走了，剩下的不过是从周围的村子请来的，这些人受苦本来就不多，嘴又笨，从头听下来也没什么意思。

比忆苦会好些的是"辩论会"，这样的会一年里顶多两次。说不定哪个村子有了需要辩论的事，就把全村人召到场院上，挂上大煤油汽灯。上次听的辩论会比看电影还有趣——村里有人娶了一个媳妇，她不听话，一不高兴就跑回娘家，村里头儿就说"辩论辩论"。

小媳妇长得不高，有点胖。她站在台上，几个人轮番上台与她辩论。刚开始小媳妇嘴头利索，把上台的人辩得张口结舌。村领导一拍桌子说："让她男人上来，我就不信辩不过她！"男人年纪比她大多了，头上还有块秃斑，站在台上抓耳挠腮，红着脸。村领导在台下大声鼓励："不用怕，全村老少爷儿们给你做主！"

男人开口说话时不敢看媳妇，气哼哼地说："她！她！哼，有白面不吃黑面，有黑面不吃窝头……让我说她什么好？"

我们几个同学站在一块儿，这时都同情那个男的了。原来小媳妇太馋了。

小媳妇打断男人的话："你怎么不说说自己？一到半夜就胳肢人，睡过囫囵觉吗？这谁受得了？"

她的话一出口，台下的老婆婆们大声议论起来："这就是做男人的不对了！""该怎么说怎么说，睡不好心里烦，白天干活净打盹儿！"

我们正听着，有人喘着挤过来了，原来是我们的班主任。她也出门听会了，我们十分高兴。

可惜这么好的辩论会太少了。所有的会中，要数"打人会"最可怕了，这样的会虽然不多，但参加一次害怕一次。家里人不让我们去看这样的会，只是我们忍不住。

有人提前好多天就得知了消息，小声传递说："南边那个村要打人了！"问打什么人，他们说不知道。被打的人一般都是地主富农或他们的亲戚，再不就是另有毛病的人。

"打人会"不常开，因为最见效力，只要一个人被打了，许多年都是老实的。我们班有个同学原来多么活泼，什么事都逞能，后来突然不愿说话了,原来他爸前不久被打了。

"打人会"既让人害怕又让人兴奋。女同学去会场的不多,只有班干部去。班主任鼓励她们:"不经风雨见世面怎么能行?勇敢点,挺起胸膛!"班主任的胸膛总是挺着,校长就夸奖她:"说得好!就该这样!"

又是一个打人夜。我们吃过晚饭早早上路,穿过两个村庄,来到那个开会的村子。村子不大,但场院不小,还有一个垒起的高台。台子很讲究,有立柱,有挂煤油汽灯的横杆。我们赶到时人已经很多了,估计外村也来了不少人。最引人注目的是民兵,他们全副武装,背枪站在台子两边。还有民兵在场上巡逻,警惕地盯着所有人。大家都不敢大声讲话。

一个身披黄大衣的老太太出现了,她在台前站了片刻,有民兵跑来,弯腰请示什么。原来这就是村领导。那件黄大衣使她看上去十分威风。她看着场上的人,好像挨个看了一遍。"把人押上来!"她大声命令。

有人领头呼起了口号。我们也跟上喊,这是必须的。在震人的口号声中,有两个民兵架着一个中年人,飞一样从一侧冲上了台子,一上台就将那人狠狠地按住了。那个人低了一会儿头,又硬硬地抬起,好像要看清下边的人。我们旁边有人说:"这个人不老实啊,欠凑!"

这样的会刚开始总让人糊涂,弄不清被打的人到底有哪些罪行,但只要开到一半就清楚了,觉得这人实在该打。今天被打的是一个"好吃懒做"的家伙,不老老实实下地干活,竟然背上一个帆布包串乡耍艺,挨家挨户修理石磨——每家都有一个磨粮食的石磨,每隔一段时间就要用钎子凿一遍,这需要专门的手艺人干。可是这个人是冒充的,只为了逃避劳动,为了吃人家的好饭。

他走村串户,到处喊"修理钝磨哎",有人把他请回家,好酒好菜伺候着,再让他糟蹋好生生的石磨。那时买这样一个石磨,价钱可不贱。他根本没学过这个手艺,只用一把锤子叮叮当当敲个不停——坏就坏在偏偏巧了,他一锤子下去,那石磨"咚"一声碎成了两半。他吓得脸色煞白,收起东西就逃了。

这家伙胆子多大。世上竟有这样的事。同时我们又一次明白:有些人就该按时打一打,不然这世界肯定乱套了。

在开打之前总要控诉一番。人们轮番上台列举新罪行,批判旧罪行,越说越气,最后往那人跟前凑一凑,狠狠一跺脚说:"我恨不得打你个半死!"那人吓得身上一哆嗦。

控诉揭发得差不多了,正事才算开始。披黄大衣的老太太扠着腰喊道:"大伙说说,这个人怎么办?"台下一片混乱。有个高高的嗓门说:"绑起来呀!绑起来呀!"老太太的声音压过了所有人:"给我把他绑起来!"

两个民兵手提绳子上台。这种事我们见多了,所以并不害怕。绑人也是一种手艺:把绳子往脖子上一搭,做个活扣,轻轻一揪,被绑的人就张大嘴巴喊:"太紧了太紧了,我得喘气啊!"

绑起来后,民兵就手持皮带分立两旁,骂一句,啪一声抽在屁股上。被打的人呼天号地,说:"我再也不敢了,不敢了。"民兵等他喊完,再抽一皮带。

打屁股这种事大家都挨过,这会儿肯定都在回忆。我也被父亲揍过,那的确是我的错。屁股多倒霉啊,无论谁有了错,也无论是什么错,都得揍它。

"你到底错在哪儿?从头交代!"民兵大喊。台下的人也喊:"你是净拣不痛不痒的说,揍得轻了!""你以为就这么过关了?想好事去吧!"

被打的人求饶声越来越低。今夜差不多也就这样了。正这样想,突然那个老太太又到了台前,气呼呼说了一会儿,猛地把黄大衣扔在地上,喊道:"给我吊起来呀!"

几个民兵呼呼跑上台去,从横杆上甩下一根绳子,麻利地拴到那个人身上,一边大叫一边往上拉。那个人缩成了圆球……民兵跳着去抽他的屁股:"我叫你坏!我叫你坏!"

我们吓坏了。

吊人的时间很短,只有十几分钟。会很快结束了。我们这才明白:这个打人夜故意结束在高潮处。这样的会真不多见。

杀

　　我们成立了一支小小的队伍,一共有十多人,由林场、园艺场及附近村子的孩子组成。"黑汉腿"是领头的,后来又加上我。自从我打掉了一个马蜂窝之后,许多人都佩服我了。

　　大家一块儿到海滩,去河口,常常会遇到很多事情,没有一个领头的不行。比如天黑了,马上回去还是继续留下? 总得有人决断。去园艺场偷苹果,到鱼铺里吃鱼,找看林子的老头玩,都要由我和"黑汉腿"决定。那一天我们和邻村的一群孩子在海滩上遭遇,结果有了一场恶斗,重伤一位。从那天起每人都准备了一件武器,它们分别是弹弓、矛枪、鞭子和长棍。有人不知从哪儿找来一把生锈的宝剑,我就挂在了腰上。宝剑磨得亮闪闪的,锋利无比。我很得意,心里盼着有什么事情发生。

　　一只狐狸追赶一只小兔,我伸出宝剑指一下说:"杀!"大家呼叫着追去,狐狸立刻改变方向,逃得无影无踪。

一只眼睛发红的大癞蛤蟆盯着飞舞的蝴蝶,伸出舌头就把它卷进了嘴里。我大喊一声:"杀!"立刻有人举起铁铲,把癞蛤蟆铲除了。

一只不大的鹰追赶小鸟,我举起宝剑怒喝:"杀!"身背弹弓的人接连射击。

一条蛇游出来,我说:"杀!"一只蜥蜴从沙坡上下来,我说:"杀!"一个花蜘蛛蹲在网子中央,我说:"杀!"

这一天遇到了几十种狡猾的、丑陋的坏动物,它们都在"杀"字中浑身发抖,或立刻毙命,或落荒而逃。

回到家里,外祖母惊讶地看着我挎在腰上的宝剑,问是哪儿来的,我没有直接回答,只告诉她:"这是一把真正的宝剑! 它杀死了许多坏家伙——我一见到就喊:'杀!'"

外祖母的脸色阴沉下来。她盯着我。我把脸转向一边。外祖母把宝剑取下,放到了一边,叹口气说:"孩子,再不要碰它! 不要伤害任何动物,也不要说一个'杀'字……"

"可是,它们都……很坏!"

"它们有它们的日子。孩子,你想过没有? 它们像人一样,只有一次生命——它们只活一次……"

外祖母难过得说不下去了。

桃仁和酒

有一天我和外祖母在家,有个五十多岁的男人拍拍门进来,笑嘻嘻问:"有桃仁吗?"我听明白了,就从屋子旮旯里找出一小捧干桃核,它们是吃桃子时随手扔下的。那个人赶紧接过去,高高兴兴蹲在地上,一刻不停地砸开,急急地嚼一嚼咽下肚。他抹抹嘴说:"真好。"

我们都觉得这个人很怪。后来我又在园艺场和南边的小村里遇到了这个人,见他仍旧到处找桃仁吃,脸色红红的,好像喝了酒。他们说这个人叫"启祥",是附近村里的,这几年得了一种怪病,不喝酒吃桃仁就不行,家里已经被他喝空了。

外祖母说:"苦桃仁有毒,吃多了要死人的。"

无论是林场园艺场还是周围的村子,都知道"启祥"离了桃仁和酒不行,给他桃仁和酒就是救他,不给就会早早死掉。

为了挽救他,可怜他,村里人见了桃仁就收起来放好,专等他上门取。我从桃林里找到了一些新旧桃核,把没有发黑的拣出来,等那个人来取。

"启祥"一天到晚什么都不干,只在各处转悠,见了人就问:有桃仁吗?后来人们见了他,不等开口就递过一把桃仁。

父亲的腿冬天受了风寒,河西的医生给他开了一罐药酒。有一天他正喝酒治病,想不到"启祥"来了,老远就吸着鼻子说:"有酒,有酒。"父亲倒了一杯给他,他一仰脖子喝光了,又转脸向我要桃仁。

"这个人哪,把四周的桃仁吃光了,酒接不上的时候,大概也就完了。多可怜,老天爷为什么让人得这种怪病?"外祖母望着那人的背影说。

据说"启祥"被河西的名医看过,号了脉看了舌苔,就是看不出一点毛病。

结果"启祥"只得四处找桃仁和酒,一天到晚为这个奔忙。

为了让他活得更久一些,村里人把所能找到的桃仁全收拢起来,都留给了他。

可是这么多桃仁还没有吃完,就发生了一件怪事。有一天"启祥"照旧在街上摇摇晃晃,带着酒气找桃仁,突然脚底一绊就栽倒了。他趴在地上吐起来,吐出了那么多酒和桃仁。这样"哇哇"吐着,路过的人就围上来。"启祥"吐啊吐啊,最后吐出了一条手指长的小扁鱼,浑身杏红色。它像蜥蜴一样活动,两只眼睛凶凶的。大家就把它砸死了。

"启祥"从地上爬起来，擦擦嘴，像刚刚睡醒。他反身往回走去，步子很稳。有人捧出一把桃仁递给他，他连忙摆手说："不吃了。"

就从那天开始，"启祥"闻到酒味就厌恶，听到"桃仁"两字就不舒服。

大家终于明白了：原来这些年不是"启祥"在喝酒吃桃仁，而是那只红色的怪物，是它在肚子里逼人讨要：有酒吗？有桃仁吗？这样的怪事如果不是亲眼所见，谁说我也不会相信的。

2013 年 12 月

254

"小说家的散文"丛书

《出入山河》　　　　　　　　李　锐　著

《青梅》　　　　　　　　　　蒋　韵　著

《写给北中原的情书》　　　　李佩甫　著

《星斗其文，赤子其人》　　　汪曾祺　著

《熟悉的陌生人》　　　　　　李　洱　著

《一唱三叹》　　　　　　　　葛水平　著

《泡沫集》　　　　　　　　　张　欣　著

《写给母亲》　　　　　　　　贾平凹　著

《无论那是盛宴还是残局》　　弋　舟　著

《已过万重山》　　　　　　　周瑄璞　著

《众生》　　　　　　　　　　金仁顺　著

《如果爱，如果不爱》　　　　阿　袁　著

《故事与事故》　　　　　　　蒋子龙　著

《回头我就变了一根浮木》　　潘国灵　著

（以出版时间先后排序）

图书在版编目（CIP）数据

李白自天而降/张炜著. —郑州:河南文艺出版社,2016.2
（2021.5 重印）
（小说家的散文）
ISBN 978-7-5559-0317-8

Ⅰ.①李… Ⅱ.①张… Ⅲ.①散文集–中国–当代 Ⅳ.①
I267

中国版本图书馆 CIP 数据核字（2015）第 270914 号

选题策划　　陈　静
责任编辑　　陈　静
书籍设计　　刘运来
责任校对　　殷现堂

出版发行　　河南文艺出版社
本社地址　　郑州市郑东新区祥盛街 27 号 C 座 5 楼
承印单位　　河南瑞之光印刷股份有限公司
经销单位　　新华书店
纸张规格　　787 毫米×1092 毫米　1/32
印　　张　　8.375
字　　数　　156 000
版　　次　　2016 年 2 月第 1 版
印　　次　　2021 年 5 月第 2 次印刷
定　　价　　45.00 元